JN191617

方言でたのしむイソップ物語

安野光雅

平凡社

方言でたのしむイソップ物語

もくじ

以下の伊曾保物語は、方言を大切にする試みです。

狼と羊の譬えの事

あるところのね、川のそばにね、羊がきて、そいから狼もきて川の水を飲もうとおもうたらしいんじゃてー。

狼は川上におってから、ほいから、羊の子は川の下のほうにおったんといね。

狼は羊に近づいて、心の中じゃあ、「ちょうどええけえ、羊も食っちゃろう」と悪りいことをおもうとったんといね。ほいで
「おまいは、なして水を濁らかして、わしの口までよごしたんか」と苦情を言うたんといね。

「わしは、川下におったんじゃけー、どうして、川上におる、あんたの口をよごすほど、水を濁らせることができるかしらん」

狼が、また言うたんといね、

「おまいのお母さんが、おおかた六か月前に水を濁らかしたんじゃけえ、おまいがどうしてお母さんの罪から、のがれることができるじゃろうか」

羊の子がまた言うたんといね、

「そんときゃあ、わしゃあまだ生まれとらんのじゃけえ、生まれとらんときの罪を、

まどう（地方語で弁償する）ちゅうようなことは、せんでもええともう」

狼が、また言うたんといね、

「おまいは、またわしの山の草を食うた、とにかくまた食うた」

羊が言うたとんといね、

「わしゃあ、まだ歳もたりん小僧じゃけー、乳は飲むけーどが、草あ食うことはないけー」

ほいで、狼が、また言うたんといね、

「おまいは、どうして、そねーに反対ばっかり言うんか」

羊がまた言うたんといね、

「わしゃあ、反対しとるわけじゃあのうて、罪はないちゅうわきよう、言うとるだけです」

そんとき、狼はとうとう怒ってしもーてから、

「はーえー、おまいの理屈は、はー聞きとうない。なんでもええけー、とにかくおまいを、わしの晩飯にするけー」

と、言うたんといね。

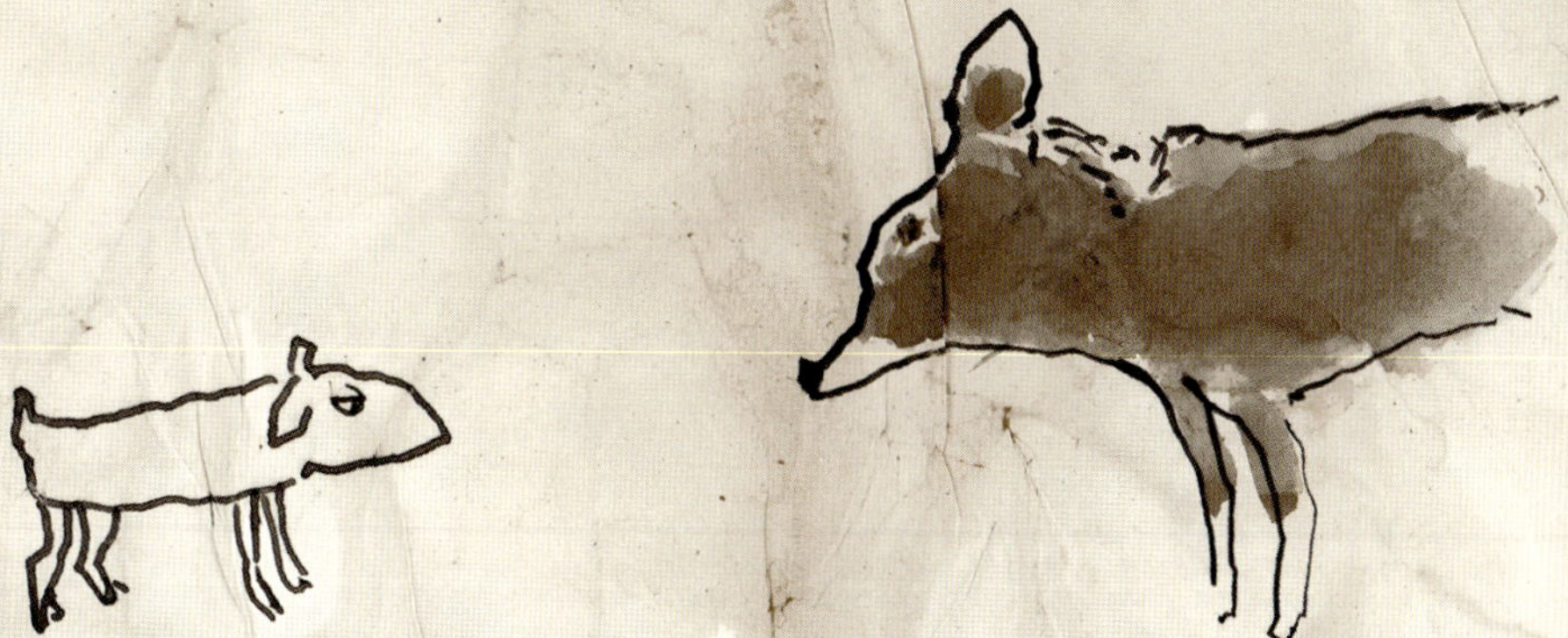

犬と羊の事

あるところに、犬がおったんといね。その犬が羊に言うことにゃあ「おまい、貸した小麦を一石ほど、早よーかえせ」。そいでも、羊にとっちゃあ、ぜんぜん覚えのないことじゃけえ、「そねーに言うんなら、とにかく、出るところへ出て、そこで言うてもろーてもええ」と、言うたんといね。

犬は、「おまいは、証拠がいるちゅうんじゃろうが、証拠ならちゃんとあるで」ちゅうて悪りいなかまの、狼と、あのー、犬は元は狼だったちゅう話じゃけーねー。その狼と、鳶と、そいから、烏らあを雇とーてから、ほいで裁判官の前に出たんといね。

そこで狼の言うにゃあ「この羊の家へ、小麦を運ぶんを請け負うたんは、わしじゃけー」

ほいから、鳶が進み出てから言うのにゃあ「なして、羊は借りたもんを、知らん、なんぞと言えるのじゃろーか」と責めるんじゃけー。ほいてから、烏がまた、進み出て言うことにゃあ「わしは、借りた

ところを、目の前で見ましたけー」
と、言うもんじゃけー。裁判官も
「はー、これ以上しらべんでもええ、羊は大急ぎでかえすものを、かえせよ」と言うちゃったんといね。
羊はこれ以上、力ものうなったし、借りた覚えもない小麦を返さにゃーならんと思うて、とうとう、自分の体に生えとる毛を切ってかえしたちゅう話なのいね。

下心　「無理が通れば道理ひっこむ」、いろはかるたのたとえ。

犬が肉を含んだ事

あるところに、犬がおったんといね。そいで、その犬が口に肉をくわえたまんま、橋をわたろうとしたんといね。そんとき、橋の真ん中まできて、川の中にやっぱし、口に肉をくわえた犬がいるのを見てから、そいで、よく見ても自分がくわえた肉よりも二倍は大きゅうみえたけえ、それが川に映っとる自分のかげとも知らずに、川の中へ頭を突っ込んでみたら、かげは消えたんといね。ほいたら、犬は川に映った肉も、自分の肉も、どっちもなくしてしもーたんじゃちゅうよ。

「あんたの言うてんことは、あんまりよくわからんのじゃが、わたしゃあ津和野じゃけど、あんたあどこからきんさったのかいね」

「大阪やけど」

「はあ、ほいじゃあ琵琶湖のあるとこじゃねえ。福井県ですかね」

「大阪はぜんぜんちがいますがな、大阪は県じゃあのうて府でっせ」

「フですか、よく知らんけど。あんたその、オオサカのフからきちゃったのですか」

「ちょっとちがいまんがな。あんたは知らんでしょうが、とにかく、大阪城で有名でっせ」

「大阪にも城がありますかね。津和野にも城はありましたが、それがこの前の地震で石がくずれましてね、天守閣はのうて石垣だけ残ってですね、それを直すのに六億かかるちいますけえ」

「大坂夏の陣のときにですね、おとうさんの家康の命によって秀忠が『むすめは、救けたものの嫁にやる』と言うたもんじゃから、やけおちる大坂城から千姫が救け出されたんじゃげな。救けたのが津和野の城主坂崎出羽守直盛なのはよかったけど、救ける時に顔を火傷をしたため、そういう人んところへ嫁に行くのは嫌じゃということになって、千姫は出羽守をけって、桑名藩の本多忠刻と結婚するという話になったのいね。

映画では、このとき、津和野藩主・坂崎出羽守が輿入れの行列を襲って千姫を奪い返すということになりますが」

「はーそうですか。わたしゃあ、いちどその坂崎の殿様の後裔という方にあったことがあります。その方は若いからごぞんじないだろうけど、映画で坂崎をやったのは当時の大二枚目、長谷川一夫でしたけーねー」

「あなた、長谷川一夫よりゃあ市川雷蔵でっせ」

「そのころ市川雷蔵はまだきいたこともありませんからねえ」

獅子と犬と狼と豹との事

いま言うた四匹がひとつになって、山をかけまわっとったら、一匹の獣にであったんといね。すぐ喰いついて殺してから、その四本の脚をわけようとするときに、獅子の言うたんは

「われこそが、獣の王なんじゃけー、脚一つは王位の徳に供えるのが常識ちゅうもんじゃ」

「また、わしの勢いも、おまいらとは比べもんにならんけー、その威光のぶんだけ、脚をもう一つわしにくれい」

「また、何でも、わしはおまいたちより速よう走ることは、かみなりの速さというくらいじゃ。だからかみなりの苦労ぶんとして、もう一本をわしにくれいや」

「あと一本残ろうが、もしこれを自分のものだと言うものがあったら、そいつはわしの敵じゃ、わかったか」

と言いだしたもんじゃけー、獲物はむりやり獅子にとられ、残る三匹の獣はかなわなくて、すごすごと帰っていったんじゃちゅう話よ。

下心　世の中は自分が正しいと思うことばかりではないのだということ、つまりこの世はこんなふうにできておると思った方がいい。

鶴と狼の事

ある日のことじゃがね、狼が喉に大きな骨をたてたんじゃないの。泣きたいけど、泣くとまた痛いから、そんで困ったことになったともうて、泣くこともできんから、笑おうかとおもっても、笑うとまた痛いので、痛い痛いとおもうしかなかったじゃないの。

それで、鶴のことをおもいだして、

「鶴がいい、鶴は人がいい、そうだ、鶴のお医者様に抜いてもらおう」

とおもったじゃないの。


そいで、狼は鶴のところへ行ったじゃないの。

「あんたは、どこからきんさったのかね。あ、わかった、帰国子女だ。どーも言葉になまりがあるけえ、わしゃあ、前からそうおもうとった」

「この難儀を助けてくださるお方は、お鶴様のほかに、ありません。もし、助けてくださったら、これから先は、水と魚のように仲良くしましょう。あんたが水で、わたしは魚だと、前からそうおもーとりましたが」

と言うたじゃないの。そのうえ、

「いきとるあいだは言うまでもありませんが、死んだらなおのこと、あんたは魚でわたしは水の関係でおりましょう」

と、また言ったじゃないの。

「さっきは、あなたは魚の気持ちなんだ、と言いませんでしたかね」


やっぱり、帰国子女だ。よその国じゃあ、なんでも反対に言うらしいからな、それはまあ、あやしいけーどが、しかしそういうときは、じびいんこうかへ行きゃあいいのに、耳鼻いんこうかだよ。みみ・はな・のどをならべて（じび

いんこう）と言うんじゃないの。

狼の、喉に骨が刺さるちゅうのは、いい気味だが。喉に骨が刺さったとかなんとか言うて、お鶴様に近づいて、お鶴様をとって喰おうというコンタンにきまっとる。コンタンという字は忘れた。コンコンのコンは、「今」という字だったかな。今は字のことを言っているばあいじゃない。

鶴も人がいいから……。

「では、口をあけてください」「さっきから、とじられないでいます」と狼は言うたじゃないの。かわいそうにおもって、鶴は骨を咥えてひき出し、「水と魚の仲を忘れるなよ」と言えば、狼は大いにあわてて、

「おまいは、何を言うか？　たったいまおまいの首を喰いちぎってもよかったのに、それをやめたことを恩とおもわないのか」

と、しばらくぶりに大声をあげたというじゃあないの。

鶴は、人助けは医者のすることだとあきらめて、立ち去ったちゅう話じゃないの。

鼠の事

京の鼠が、田舎へ行ったじゃないの。田舎の鼠は下にもおかず都の鼠をもてなしたちゅうね。

ほいで、その恩に報いようとおもーて、一緒に都に行ったちゅう話なんじゃ。京の鼠の家は位の高い家で、蔵の中には七珍万宝そのほか、酒やら肴やらなんでもあり、ないものは一つもなくて、このあたりいちばんの分限者だったちゅう話じゃないの。

酒盛りが半ば過ぎになったころ、突如、蔵の役者（わしはおもうんじゃが、これは猫のことかもしれん、いや蔵の持ち主のことかもしれん）が入ってきたじゃないの。案内知らずの田舎の鼠はうおーさおーしてにげまわったが、あるものかげに隠れてやっと、命びろいしたんらしい。

ところが、その蔵の役者が出ていったら、また鼠どもが集まってね、

「すこしも驚くな、京で暮らしてきた徳というもんは、このような珍なる物、美なる物を食うて、いつも楽しむことだぞ。えーか、なん

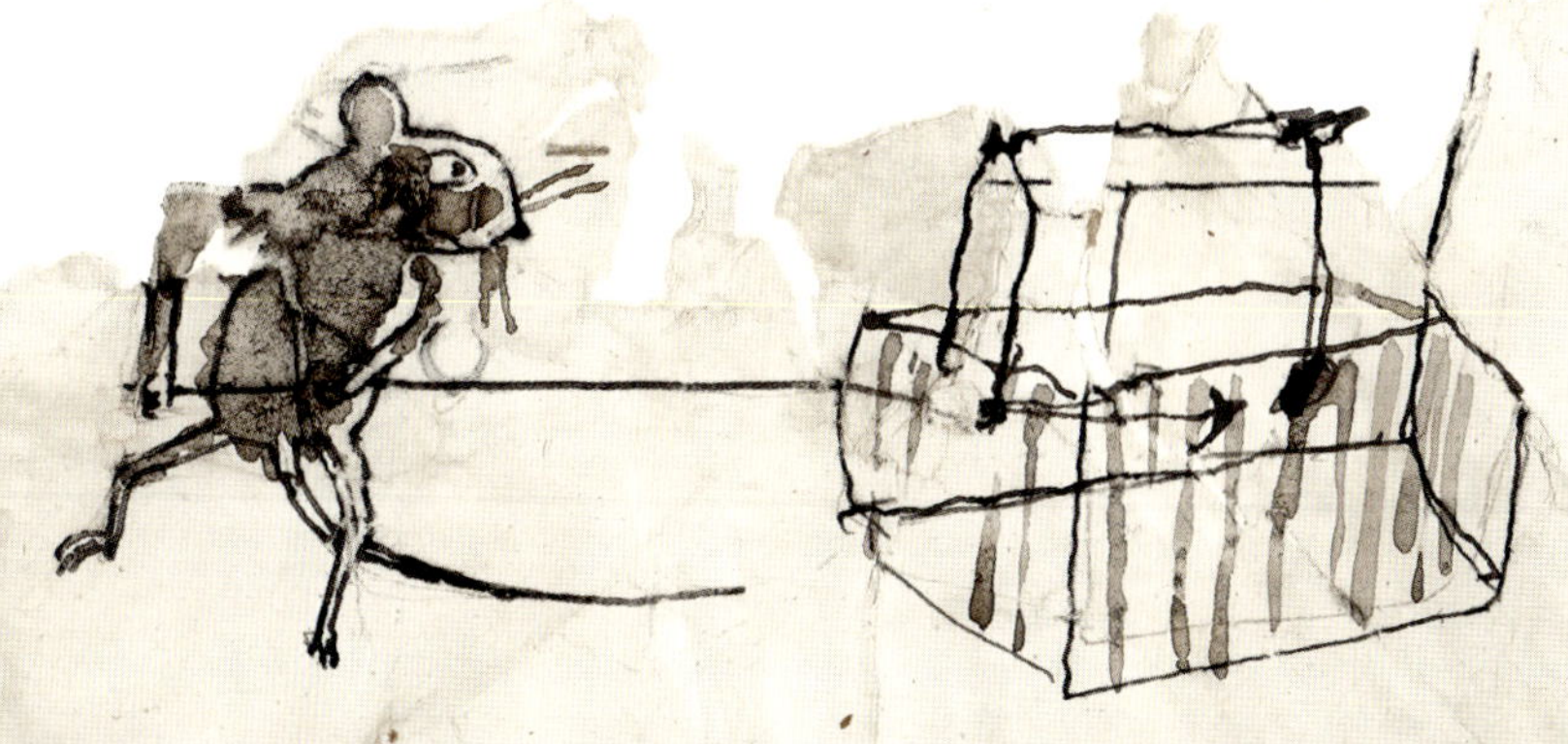

でもすきなよーにたべんされえ」

　と言うたじゃないの。

　田舎の鼠が言うにゃあ、

「あんたらあは、この蔵ん中を、どう行けばなにがあるかとゆうよーなことを、知っとられるから、そういうことも言うけーどが、わしらーは道もわからんし、生き延びる道さえ望みはうすいんじゃけー」

　と、悲しそうに言うじゃないの。

「どうしてかと、きかれるなら言うけーどが、この館の人らあは、鼠を憎むけえ、あっちこっちに罠をかけ、その上、数十匹もの猫を養っとるじゃないの。十に八つ、九つはもう殺されてもしかたがない。わしらーは田舎もんじゃけー、人間に会うただけで塵芥のなかに隠れても安心はできん」

　と言うて、急いで帰ったげな。

下心　人それぞれの昔話をきくと、「私はとても貧しかった」という人が多いが、真に貧しいものはへりくだりを飾りにする。しかし金のあるものはおごれるものとなり、「おごれるものは久しからず」という結果になる。

鷲と蝸牛の事

ある日、鷲が蝸牛りゅー見つけて、食おうとしたけど食えんかった。他の鳥がそばから「わしに（こりゃあ私にというい みでね）その半分をくださりゃあ、いい方法をおしえますが」「その蝸牛を咥えたまんま飛び上がり、石の上に落としんされえ」と言ったので、鷲は言うとおりにしたんじゃげな。ほいたら蝸牛の殻はかんたんに割れた。

烏と狐の事

あるとき、烏が食べ物を探しにでて、木の上に休んどったら、狐も食べ物を探していたが見つからぬもんじゃけー、急いで帰ろうともうて、ふと見ると烏が肉を咥えとる。こうなると、それが欲しくなって、その肉を捕ろうとおもうたげな。ほいで、烏のいる木の下に行って言うに、

「気高い烏殿、諸鳥のなかでもとりわけ気高い烏殿、あなたの御翼の黒く輝くのは、竜の衣か、錦か、繍か、まことに、素晴らしい装束じゃて」

「しかし、一つだけ不足があるとひとびとが噂をしているんじゃが、それはなにかというと、御声が鼻声でよく聞き取れぬと申すが、まことこの頃は音声も明らかになって人の悪い噂もなく、とりわけ歌われるときの声は、声楽心得の〝千の風になって〟を歌った人もかなわないという話じゃ。どうかね、一曲聞かせてはもらえまいか」

と言うたんじゃげな。

烏は心得て、一曲歌ったが、そのとき肉を口から落とした。木の下で待っていた狐はその肉をさらって、にげた。

こりゃあほとんどひょうずん語だ。ひょうずん語をはなすもんが、森の中にいるちゅうなあ、名誉（めいよ）なことじゃないの。さっそく先生に言うことにしよう。先生のことばよりもひょうずん語にちかいで。

「先生！　ひょうずん語をはなしとるもんがいましたで」

「なに？　狐か、おまえたちは、またばかされとるんじゃ。狐がな、ひょうずん語をなすはずがないから、あいてにするな。そいから、ひょうずん語といわずに、普通（ふつう）語といえ、いいか、わかったな」

わからん、わしのよーしっとる井上ひさしちゅう人がおるが、彼もひょうずん語とはいわない。きょーつう語とゆうとったけー。

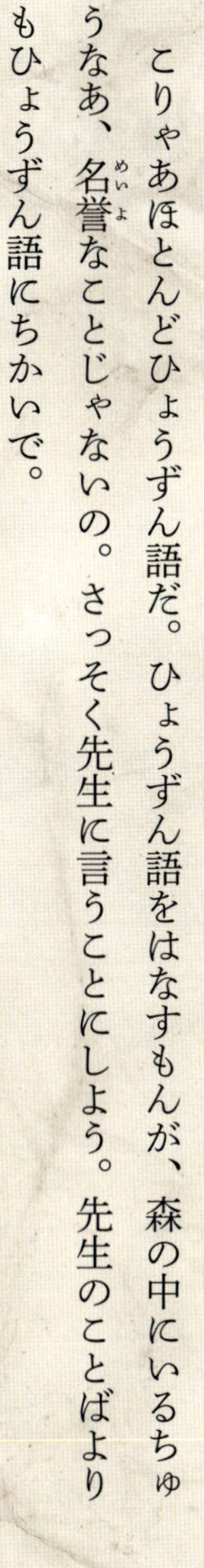

狗と馬の事

なかでもその狗がすきな主が、狗をしょっちゅう膝の上んだきあげて、狗からみりゃあ迷惑な話じゃったが……。とにかくそうしとった。

ある日のことじゃがね、主人が外から帰ってきたりゃあ、狗はその膝にあがり、むねには手をかけ、口を舐りなどして、なれなれしい気持ちや、態度をあらわすんといの。

この様子を見た馬が「ははあ、ああいうふうにすりゃあ、ひいきにしてもらえるんか」とおもい、主人が帰ってきたりゃあ、馬はその膝にあがり、むねには手をかけ、口を舐りなどして、なれなれしい態度をあらわそうとしたんといの。

主人が、腹をたてずにおくもんか、馬をぶつやら叩くやらして、もとの厩へ追い返してしもうた

ということじゃ。

下心　わかりよくいうと、恋人になってもらおうと思って下手にすりよっていくと、ろくなことはない。

獅子と鼠の事

獅子王がねとっとよ、そん頭んところを、子鼠らがはしりまわって遊んどるうちゃあよかったがくさ。鼠ん中ん一匹が、獅子の腹ん上にあがったもんだからくさ、獅子は目ばさまして、びっくりしてくさ、その鼠を空中高く差し上げたんだちゅうよ、急に差し上げられた鼠は肝をつぶしてくさ、驚いて言うことにゃくさ、「ししし獅子王

殿、おきき聞き下っさい、ああばれたわたしが、わわ悪うございました」と言うたところがくさ。

獅子王も、考えてみりゃあ、「この子鼠一匹、吾輩（わがはい）の手にかけて殺したからとゆうて、かえって我（わ）が名をけがすことんなる」と、まあ、そうおもったからくさ、ゆるしてやったんだと。

子鼠はよろこんでくさ「このご恩はいつまでもわすれません」と言うて去ったらしい。

それから、何日たったか知らんが、ある日のことじゃて、獅子王が山ん中で罠（わな）にかかり、シンタイキワマッタときにくさ、獅子が声をあげたところ、例の子鼠が急いでかけつけて言うたったい。

「いいいかに獅子王殿、しし心配ごむようでございます。むかしのご恩をかかかえす日が参りました」と言うてくさ、罠のなわをかみ切って獅子王をにがしたらしいよ。

下心　その勢いが天下にきこえたものでもたれをも卑（いや）しめず、情（なさけ）をもってすれば「なさけは人のためならず」ということになる。

燕と諸鳥の事

ある人が麻の種を蒔くところを燕が見て、悲しんだけー。そのうち次第に麻が苗くらいの大きさになって、燕はもっと悲しんだちゅうねー。他の鳥たちがこれを見て

「どうして、あんたはそんなに悲しむんですか」

と笑うと。燕が言うにゃあ

「この麻が大きゅうなって、糸となり網となる日がきて、わたしの死ぬ日も、近こうなるだろうとおもうて、悲しんどるんじゃけー。みなさんも、まだこの苗の小さいうちにひき抜く仕事を手伝うてくれんかね」

と言うので、鳥たちは、もっと大笑いしたちゅうけーどが、燕は、

「わたしはあなたたちに物を頼むのはやめるけー、まだ人間たちと仲ようする方がましじゃ」

と言うて、人の家に巣をかけ、こどもをそだてたりするようになったということじゃてー。

下心　「マッチ一本火事のもと」とはよく言ったものだ。

イソポ、アテナスの人々に述べたる譬えの事

蛙が言うには、「たとえ奴隷になってもいいから、あたしらぁに、主人というもんがある方がいい。あたしどもにゃあ、取り締まりというもんがおらん、すると、人から喧嘩を売られても、言うてくところがない。いい親分がいてくれりゃあ馬鹿にされんですむ。そうだ親分だ、天よ、私どもに親分を与えてください」

(天もいそがしかったのか)

「なに？　親分がほしいだと、やくざじゃあるまいに、ようし、めんどくさい、柱の一本もやっておけ」ということになって、柱がきた。蛙たちはこの柱に登ったり、船のりごっこをして遊んだりしていたが、どうもおかしい。柱がわしらの親分というのは聞いたことがないぞ、天へもう一回掛け合ってみよう、ということになり、蛙はでかけていった。

「じゃあなにか、柱じゃ親分にふさわしくないってんだな、よしわかった」

天は「鶴をおまえたちの親分にしてやろう」ときめた。

鶴は毎日のように、例の柱で休み、閑を見ては蛙を喰う。こりゃあたいへんだ。親分に喰われて、われわれ蛙がほろびるぞ、ということになって、また天へ掛け合いに行っ

たが、とりあってもらえない。そのため蛙は夜通し、恨みの鳴き声を、さけびつづけているんだってさ。

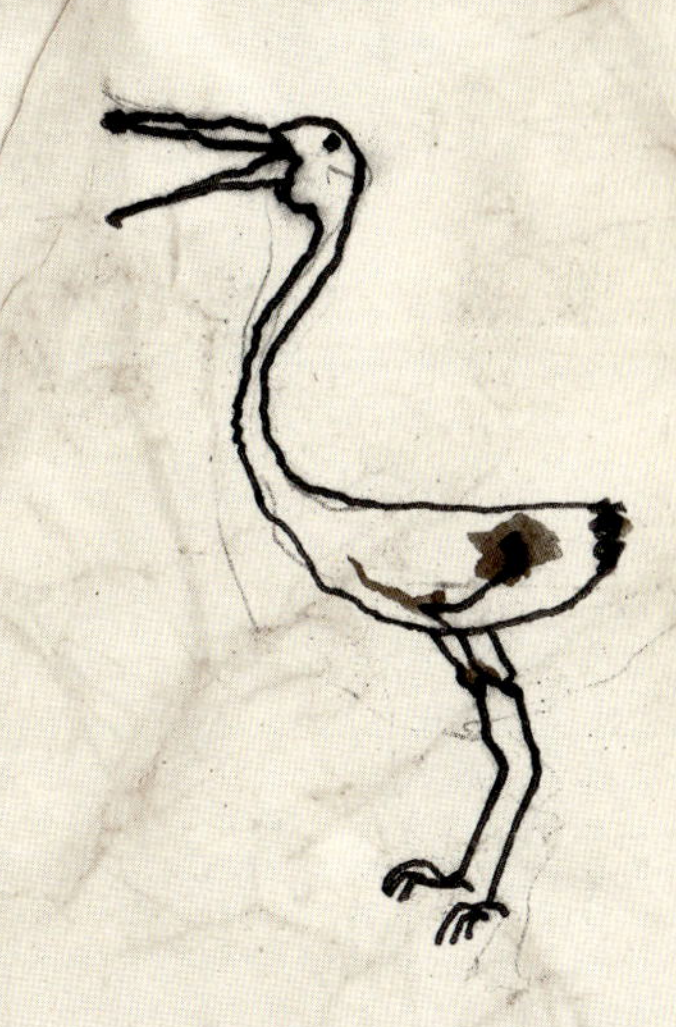

下心　親と総理大臣とどちらが大切か考えてみるといい。親分というのは国の中に国をつくることだ。それは国全体から見ればいいことにはならない。

鳶と鳩の事

鳩(はと)たちがむらがっておった。

そこへ鳶(とんび)がきて、つかみかかろうとする様子を見せたので、鳩は鷹(たか)のところへ行って、「こんにちは鷹さま、今日よりは鷹さまを主人と敬(うやま)うことにします」と言うた。

鷹はかしこいから「これはなにかあるな」と感づきました。「鳶なんぞ、普段(ふだん)から卑(いや)しいやつじゃ。鳩のやつ、何をかんがえてわしのことを主人なんぞと言いだすのだろう」とおもったのです。

鷹は鳩に向かって、「たやすいことじゃ、急いでわたしの巣の近くへ集まれ」とゆーて、鳩を集めて、一羽残らず、つかみ殺したらしい。

ひどいことーするなぁ。

このとき一羽の鳩が、すすみでて言った。

「はじめ、鳶からうけた恥辱は、たいしたことではありませんでした。あなた様のなさったことは、むごいことです。わたしたちが亡びるきざしです。けれども自業自滅の行いをしたのは、わたしたちでした。いまさら他の誰をもうらみますまい」と言って、死んだげな。

この人たちの物言いは、ちがうな、学校出だな。

ぼくは日曜学校へ行っとると聞いたけーどが。

そうじゃ、日曜学校へ通ってひょうずん語を勉強しとるんじゃけー。あそこは競争率高いちゅうからな。

そうとも、あの学校のもんは何色か知っとるか。

知らない。まさか赤じゃあないだろうし……。

下心　鳩が悪い。自業自滅はもっともだとして、今日より鷹さまを主人と敬うことにします、というのはもっと悪い。

狼と豚の事

あるところに、豚がおったったい。そん豚は、こどもをはらんどるっと。どこで聞いたか、狼がやってきて言うには、

「わしらの申しあわせによってくさ、ただいま、こどもが産まれる尊い仕事んときにくさ、お手伝いをしようかとおもうてやってきたったい」

豚の言うには、

「よかよか、よかと。産前産後のわしらには、人(第三者)に見せとうない場面もあるけんな」

「ご親切には感謝すっけど、今日のところは早く帰ってくだっさい」と豚は言うたったい。

狼はまた言うた。

「いいかげんな気持ちでなぜ、ここまでくるっと? ぜひにもここにとどまって、力を貸したいと思うのに」

と、言ってみたが、豚はどうしてもと、ことわりつづけたったい。

狼はねばりづよかったけんど、帰っていった。
そんで、豚も、心やすうお産をしたっと。

下心　親切げに頼みもしないのにやってきて世話をやくのは、何か下心があるんじゃなかろうかと一度はうたがってみる方がいい。

孔雀と烏の事

むかしあるところに、烏がおったじゃないの。この烏は孔雀の抜けた羽を、自分の体に縫いつけるなどして、体を飾り
「どうじゃね、美しいことで、わしにまさるもんはおらんじゃろ」
といきまいておったじゃないの。他の鳥ならまだよかったが、孔雀のところへ行っても、大いに自慢をしたじゃないの。孔雀はしかたなしに、言うた。「あなたは、孔雀でもないのに、孔雀の羽をひろって衣装にしとるんじゃないの」「そーゆーのは、かえってみっともない。ワシントン条約を知らんのかね、人間でも狐や貂の毛皮をきたら、問

題になるという時代じゃないの」

とまあ、さんざん、はじをかかせたため、その鳥は口ごたえもできず、泣く泣く、羽をすぼめて帰っていった、ちゅう話じゃないの。

下心　飾るな、上っ面だけを飾るな。メッキはかならずはげるときがくる。本性までかくせるものじゃあない、真に美しいのは心のありようで、見た目ではない。障害があって整形するのと、障害もないのに整形するのとでは、意味が違う。どうか、おたがいに、自信を持とうではないか。

蠅と蟻の事

ある蠅(はえ)が蟻(あり)に言ったということだ。

「いろいろ考えてみたが、この世で運のいい奴(やつ)というのは、わしら蠅のことかもしれんど。のうなしの蟻でもわれわれにおよびもつくまいて。なぜかというと、天下(てんか)の将軍(しょうぐん)に差し上げるものでも、わしらが好きなように喰(く)う。将軍が飲みなさる酒でも肴(さかな)でも、わしらが味見(あじみ)しないものはない。早い話が、わしらが毒見(どくみ)しないものを、たべる将軍も、王侯(おうこう)もいないということじゃ」

蟻の言うには、

「ひとつとして偽りはない、が、世上の噂では蝿ほど尾籠なものはない。夏が過ぎ冬が来れば翼もうごきがにぶくなり、力もつきて弓を引くのもたよりのうて、凍えてみんなの前に屍をさらすようなときがきたら、世にもあさましいすがたじゃ。

わしらは、物の数ではないが、冬がどんなに厳しくても、食べ物に困ることはない。

春や夏の間に秋や冬のくることを考えておけば、大した心配もなく日がすごせる」

といったので、おおきなことを口走った蝿は、こんどはすごすごとたちさるほかなかった。

獅子と馬の事

あるところに、馬がおったとよ。そん馬が丘のあたりの草あたべとったと。それを獅子が見つけて、そん馬ば食おうとおもうたばってん、走り出したら馬も逃げるにちがいない、どげんしょう、とおもいながら、いかにも静かにくさ、いかにもやさし気にくさ、馬のそばまできてくさ、「わしはこの頃、医の道を学び終えた。馬君、痛いところがあったら診てやろう、薬なんぞもつけてやろう」なんかくさ、親切げに言うたんだと。

馬は、「これは何かのはかりごとじゃな」と読みとってくさ、

「これは天の助けじゃ、あたしゃあ、このまえ、とんがった杭を踏み抜いて歩むこともかないません。どうか治療してくだされ」と、言うたらくさ、獅子は「そりゃあ気の毒だ、先ず見せてもらおう」と言うて右足をあげたったい。獅子の偽医者が、いかにももっともらしく、念入りに脚をしらべていたところ、馬は機会を見計らって、その脚で獅子の眉間のあたりを、したたかに蹴りつけたったい。さしもの獅子王、めがくらみ、力も失って、ばったり倒れたと。そのあいだに、馬は遥か向こうまで逃げ延び、「は、は、は、うまくいった」としゃれて言ったという話なんよ。

夏目漱石の『草枕』っちゅうのは知っとらりょうがくさ、あたしゃあ若いころNHKでこの草枕を取材したことがあってくさ、あそこん坂道を往復三度はのぼったったい。なにしろカメラが一台しかなかったけんな、のぼりを迎えうち、そののぼりを後ろからとるっちゅうんでくさ、若いからできたけど、今じゃあ片道もあるくこたーできまっせんけど。

有名な、山道を登りながらこう考えた、「智に働けば角が立つ。情に棹させば流される。意地を通せば窮屈だ」という、試験にでそうな文章をあたしゃあ、あのとき復習したったい。

そんとき、対岸に聳えてみえる山が、雲仙の普賢岳なんだとは知らなかったもんなし、普賢岳とゆうたって、しらなかったはずだが、後でおもうと、三月頃から、予兆がないでもなかったが一九九一年五月二十日に、溶岩ドームが出現し、驚くべき火砕流がながれくだった。山は焼け、家は燃え、山に住む動物たちもみんな死に、土地の人の負傷も多く、駆け付けた消防団員からも死者が出、またニュースの速さを競った報道関係者の間からもたくさんの死者をだす大惨事となったったい。なかでも火砕流は谷を埋めてながれくだり、水無川、島原市千本木地区は全滅に近い被害を受けたったい（一九九一年六月三日、十六時八分におきた火砕流の人的被害は最大であった）。それだけではなかと、野次馬がつめかけ、交通渋滞がおこるほどになったったい。

普賢岳の名は、そんとき知った。何時だったか忘れたばってん、わたしが遠望した山は何事もなかったような、平静の顔になっとったったい。あたしゃあ自然の美しさを賛美することについちゃあ人並みじゃが、その自然の中に、津波とか火砕流だとかいう、自然災害のあることをわすれちゃあならんとおもうとる。

島原の乱（一六三七—三八年）一揆軍の最高指導者、普通は天草四郎と呼んどる。キリシタンで、若いころから救世主のように親しまれとったらしい。島原の原城にたてこもり、キリスト教弾圧の幕府軍に立ち向かって、ついに戦死した。天草四郎の名はわたしでも知っとるほどだったんじゃ。

いまよんでもろーとるこの話のもとになっている本は、文禄二年（一五九三）耶蘇会板『伊曾保物語』の五百部限定版（京都大学文学部・国語学国文学研究室編）のうち、三四三を古書店で見つけ、大金を払って手にいれたんだったと（長々と自慢的な話をかいたけんど、つまりこの本の原本は、漱石は勿論、天草四郎よりも古いということが言いたかったんたい。岩波文庫に入っている。断わっておくが、あたしの話が長いちゅうのは、一つのことを言うためにくさ、知ってる自慢話をしなきゃあ前に進めんちゅう癖があるったい。ここは九州博多に近い言葉をベースとしました）。

*

わたしがかいた、『忙中閑語』という本（朝日新聞出版）がありまして、その部分の抜粋。

ベストセラーとなった井上ひさしの『吉里吉里人』は月刊誌「小説新潮」に連載されたもので、むかし、外国へ出かける前日、編集部の人が「旅の慰みにこれを読んで、帰ってきたら装丁をしてください」と、校正刷をどっさり持ってきた。じつにおもしろかった。

井上ひさしは山形の僻地に生まれて（行ってみたところ、実際には僻地ではないが、蔵王のちかくの雪深いところとみた。今は遅筆堂がある。ここで子どもの時代をすごしたのかとおもって感動した）、山形弁を矯正して共通語を身に付けるために厳しい訓練を受けた。自然に習得していくのならともかく、教室で矯正するのは至難である。たとえば奄美大島にいるわたしの友人も言葉の矯正で苦しみ、間違えたらその罰の札を首から下げさせられるなど、大変な努力を強いられたという。『吉里吉里人』は、そんなに山形弁がいけないというのなら独立しようと、ある日突然、一関のところで東北本線を奪って、高らかに独立宣言をする話である。

その後、テレビがこの国の文化に大きな影響をもたらし、山形だけでなく、全国の方言に深刻な影響を及ぼしたため、あれほど矯正したかった方言なのに、いまでは地元にも正調方言を話す人が少なくなってしまった。そして、いまごろになって方言の重大な意味に気がつき、方言を大切にしようと言い始める者が出てくるようにもなった。

長くＮＨＫのアナウンサーだった山根基世は山口弁の世界で育った人だが、ある日、

「憲法を方言で読んでくれ」と言われたことがあったそうである。山口と津和野ではそっくり同じではないが、言語圏が近いから、その言い方をわたしが想像すると、たとえば第九条は、「あんたらーねー、よう聞きんさいや、わたしらーは他所の国とのもんじやくを解決しよーともーてから、大砲やら戦車やらで、そいで力で解決するよーなことーー、はーー、やらんちゅーてきめたんじゃけーー」ということになる。

方言は共通語を変えて言うだけでは済まない場合がある。ほんとうに心から叫ぶときは、子どものころから親しんだ方言でなくてはできない、という話なのだ。

馬と驢馬の事

あるところに馬がいたそ。そん馬がすごくえー鞍（くら）を置（お）いて、ほかの馬よりかきれいに飾（かざ）って、あるいていたところへ、驢馬（ろば）が重い荷物を背負（せお）わせられているのにであったそ。

そん馬は

「これ、おまえは、なんで吾輩におじぎをせんそか」と、いかにも不満げに言ったそ。ところがある日、馬はあしを折る事故に遭って、人は乗せられんよーになり、仕事が変わって、地下へ入り、糞土を背負って田や畑などに出ていくことになったそ。そんとき、さっきの驢馬にぱったりあったそいね。

驢馬が立ち止まって言うには、

「あんたは、いつぞやの馬殿ではあるまーか。あのときのおことばとちごーて、今日の荷物は、変じゃあなかろーか。そいじゃが、どうして荷物をかえたそ？　わたしはむかしから馬鹿にされる立場じゃが、まだ糞土をはこんだことはないけー」と言った。

下心　糞土を運ぶという、下に、さらに下をつくって、少しでも自分は上にいこうとする例は少なくない。人間の世の中の差別感は悲しい。考えてみれば糞土を運ぶことも大切な仕事であろう。

鳥と獣の事

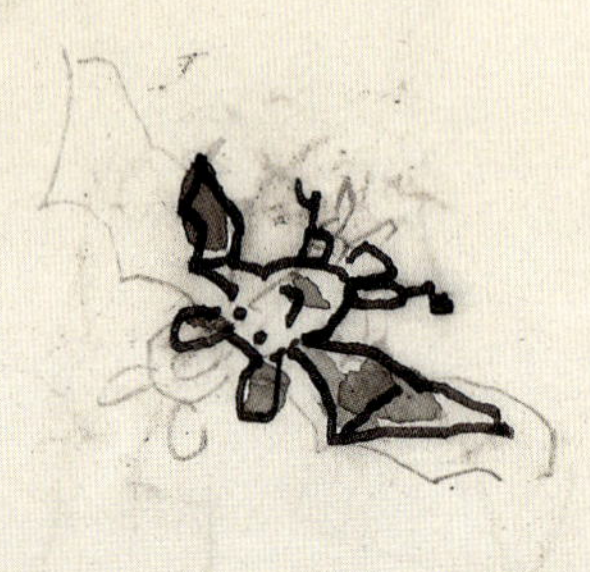

鳥と獣の間がまずくなって、とうとう戦争になった。鳥の軍が敗けそうで弱っているとき、コウモリの気が変わって、獣に降参したため、鳥の勢いはますます落ちて、このままでは敗けるかも知れんほどになった。

ところが、鷲の荒武者が進み出て「みんなは何を心配しておるのか、勝負は時の運じゃ。鳳凰や孔雀の手をかりなくても、われわれ鷲の一族だけでも敗けることはない。あのコウモリの臆病

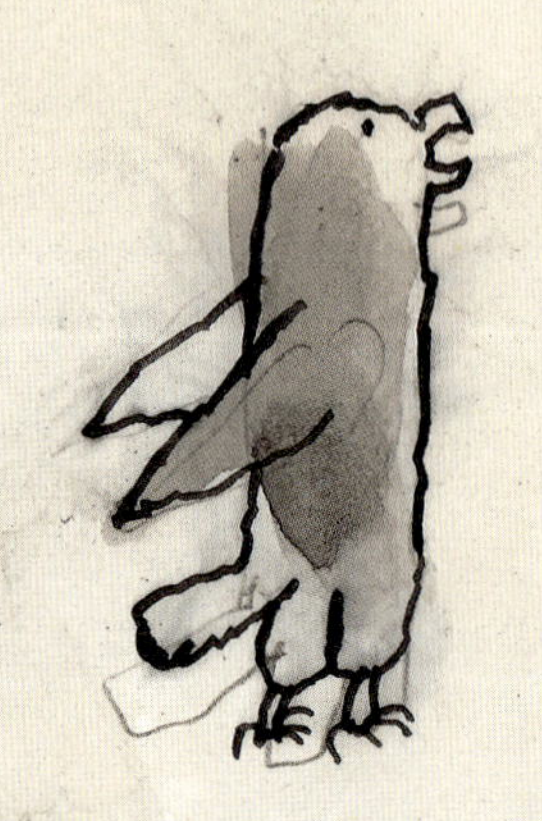

者どもが、五万や十万敵についたとしても、戦場に出たら鳥の一羽も追うことはできまい。われわれ鷲が先頭をいくから、みんなは後からついてきて戦ってもらいたい。ではいくぞ！」と言った。

鳥の軍勢は、この言葉に力をえて、勇敢に戦ったために、獣の軍も少なくはなかったのにさんざんに攻め立てられ、ついに獣の軍が敗けた。

その後は鳥も獣も戦いはやめ、野原で会って戦後の相談をしたりした。そのとき鳥の代表が、

「今度の戦いに、誰ひとり志を変えたものはないのに、コウモリの野心は前代未聞の重罪だ」

と言って、コウモリは鳥の衣装をはぎとられ、昼間はとびあるいてはならぬことにされた。そしてやっと命びろいして逃げていった。

鹿の事

ある鹿がくさ、水辺にいって水を飲んでいたとき、水に映った自分の影を見て思うたったい。

「わしの角の、かっこええことといったら、なんちゅうよかことか。こげな角がこの世のなかで、ほかにあろうとは思えんたい」。しかし、「脚のひづめは割れとるし、頭は堅く、脚は弱い、こんな身体はいったい誰に似たっちゃろうな」と不安になっているときにくさ、人の気配がして慌てて山に入ったらくさ、角を茂みに引っ掛けて、逃げるのが危のうなってくさ、「この危ないめにあうのもしかたがあるまい。自分に都合のいいことは卑しめ、邪魔になるものを自慢したため、罰が当たったっと」と、考えた。

下心　わたしもそう思う。森の中で生きる鹿たちにどうしてあのような角ができたのかしらんとよく思ったものだ。

腹と四肢六根の事

眼耳鼻舌の四つを先頭に、手足などもひとつになって、「腹のやつは、なにもしないで、わしらを家来にし、自分は主君のつもりでふるまっとる、このごろ不愉快なできごとじゃ。どうだね、みんながそろって、腹には奉公しないことにしようではないか」ということになった。

そのとき、腹が、

「君たちの言うことは、もっともだ。わしは昔から少しの仕事もしないように見えようが、まあ、勘弁してくれ」

とわびたが、おこってしまった眼や口は、

「いや、もう二、三日はなにもしないで腹をいじめてやろう」と言った。

ところが、日数がたつにつれて、しだいに、眼も耳も鼻も口も、手足も弱り果てた。いまこそ思い当たった。「四肢六根の働きは、腹の力によってのことだ。だから腹にあやまって、たのもう」と、「まえまえのように、家来にでも、なにでもなる」と言って、ちゃんと仕えるようになった。

パストルと狼の事

ある人がおったじゃないの。その人が狼を殺そうとして追いかけていくと、狼はある茂みに入ったじゃないの。パストル（牧者）は狼の隠れたところを見ていたため、狼はパストルに、「わたしは哀れな狼じゃ、人が聞いても、わしが隠れているところを言わないでくれまいか」とたのんだじゃないの。パストルは約束した。

狼がパストルを信じて隠れているところへ狩人がやってきて、「狼はこちらへこなかったかね」と聞いた。パストルは、遠くを指して「あちらの方へ行った」と言ったが、眼では、狼が隠れているところをおしえた。狩人は眼の報せのことに感づかないで遠くへ行ったので、狼は、無事逃げていった。

ところがパストルは「このまえ、隠れ場所をおしえなかったことを、わすれちゃあいけないよ」

と恩きせがましく言うたそうじゃないの。狼は「あなたの舌の先はありがたかったが、眼は抜いて獲りたくらいだぞ」と言った

という話じゃて……。

下心 昔から「目は口ほどにものをいい」という。嫌いと言っても目は好きという。なかなかむつかしい演技だ。

蟬と蟻との事

冬のことじゃけんどくさ、蟻どもが、たべものを日にかわかしておったときにくさ、風が吹いて、蟬がたべものを口にしたと。

蟻は、「過ぎた夏にはなにをして、おいでだったかな」と聞いた。蟬は「夏と秋の間は、歌うことにとりまぎれてくさ、少しのひまもなかったからくさ、なにもせんかったったい」と言うた。

蟻は「それはよかったなし、夏も秋も歌われていたようにくさ、これからも歌をうたって過ごしちゃんさい」とゆうてくさ、少しの食べ物をわたして戻ったんだと。

久留米出身のともだちがいた。岡なにがしといった。だいたい福岡のあたりは○○くさという具合に〝くさ〟を接尾につける。ところが岡は念が入っていて、「だからくさい」と一字おおい。おおいだけでなく「くさい」は「臭い」を連想して、どうもいいことばとは聞こえない。一方、経験上、方言に変なものはない、と思っている。

彼はあかるく、平気で〝くさい〟と、しゃべっている。もっともこんにちではどうだろう。

庄内弁は日本的な方言で大好きである。井上ひさしの生まれた小松とは離れているが、小松もこうだったんだろうかと思わせられる。

そういう井上さんから、直接、山形弁を聞いた人は数少ないのではないかと思うが、わたしは、実は聞いた。

「山形県つず」と「山形県つず」のちがいは、山形県人でもむつかしいという。

話している人のうしろの方に、山形県地図があったら、ははあこの人は山形県地図について話しているんだな、と思い、山形県知事がいたら、ははあこの人は山形県知事について話しているんだなと思う程度だ、というのであった。

狼と狐の事

ある狐が、水辺で魚を喰っているところへ、狼がきて、「わしにもその魚を喰わせろ」と言った。

狐は、わたしの喰いのこしをやるのは失礼じゃ、もし籠をもってきたら、魚のとりかたをおしえてもいいと言った。狼は近くの里から籠を盗んできた。狐はその籠を狼の尾っぽに括りつけ、「この籠を川の中で引かれませ、わたしが魚を追い込みましょう」と言った。狼は喜んで、川の中へとびこんだ。狐は後から石を拾っては籠の中へいれたので、次第に重くなって一歩もすすめなくなった。

狼はふりかえって、魚がたくさんとれたので、これ以上すすめないという。狐は「これはたくさんとれた、わたしが加勢してもひきあげられない。誰かを呼んで、力になってもらおう」と、近くの里へ行き、「このさきに、羊を喰う狼が溺れかけているぞ、はやく行って殺せ」とさけんだ。人々はわれさきに川に駆けつけ、さんざんうちのめし、刀を抜いて斬りつけようとする者さえあったが、尾っぽを斬っただけで、狼はやっとのことで山へにげていった。

その頃、獅子王が病気で寝ついていた。ほかの獣たちはみんなお見舞いに行った。狼

も行って、

「わたしは名医にお伝えしたいことがある。この病気には何の薬もいらぬ、ただ狐の皮を剝いで、まだその温かみの残るうちにその皮をかぶり、あたためるようになされば、効き目はあきらかになりましょう」

　これを盗みきいた狐は自分の体を泥の中に投げ、見苦しく汚れたまま獅子王の前に参上した。獅子王は、

「狐、ちかくよれ。本日よりおまえを、わたしの妻に迎えよう」

　狐は答えて、

「こんなに汚れていてはいけませんから、帰って体を清めてまいります」と言いおわり、

「良薬といっても、探すのはむつかしいのですが、尾っぽの切れた狼の生皮を剝いで、その温かみの残るうちに、病人の体を包めば、摩訶不思議な薬になるのですが」

とつけくわえた。

獅子はたまたまそばにいた狼をつかまえ、生皮を剝いだ。狼は皮がなくて蟻がやってくるし、蝿がくるし、なんとも哀れなすがたになっていたので、狐が呼び掛けて、

「この暑いのに頭巾をかぶり、足袋をはき浴衣をきているのは誰なんだ」とさんざんあざけり、

「狼よ、きけ、人のことを訴えるものは、血を含んで人に吹きかけるも同じことじゃ。吹きかけなくても、まずその口をけがすということがある。忠言をこそ言わずともまねをしてもっともらしいことを言うな」と言うた、ということだ。

鳩と蟻の事

ある日、蟻が海辺にいて、荒波にひきこまれ、すでに命もあぶないほどだったが、たまたま近くを飛んでいた鳩が、木の枝を喰いきって蟻のいる所へ落とした。

蟻はその枝につかまって水際にあがることができた。

後日、ある人が鳩を獲ろうとして罠をかけた。鳩は罠にかかったが、いつかの蟻が思う存分に罠をかけた人の足にかみついたので、その人は、罠をなげすて、まずその足をなでさするうちに、鳩はその場を切り抜けて飛んでいったということだ。

鶏と下女の事

ある家で二人のお手伝いさんを使っていた。主は夜明けに彼女たちを起こして働かすために鶏を飼い、時を計られた。ところが二人はこれをおおいに嫌って、あの鶏さえなければこんな明けたばかりの朝に起こされることもあるまい、と思って、二人は言い合わせて、ひそかに鶏を殺した。主は鶏の声に時を知って起こされたけれど、鶏がなければ時を計ることもできず、夜中の前から起きて仕事を言いつけるため、二人のお手伝いさんはもっと忙しくなり、鶏よりも苦しくなってしまった。

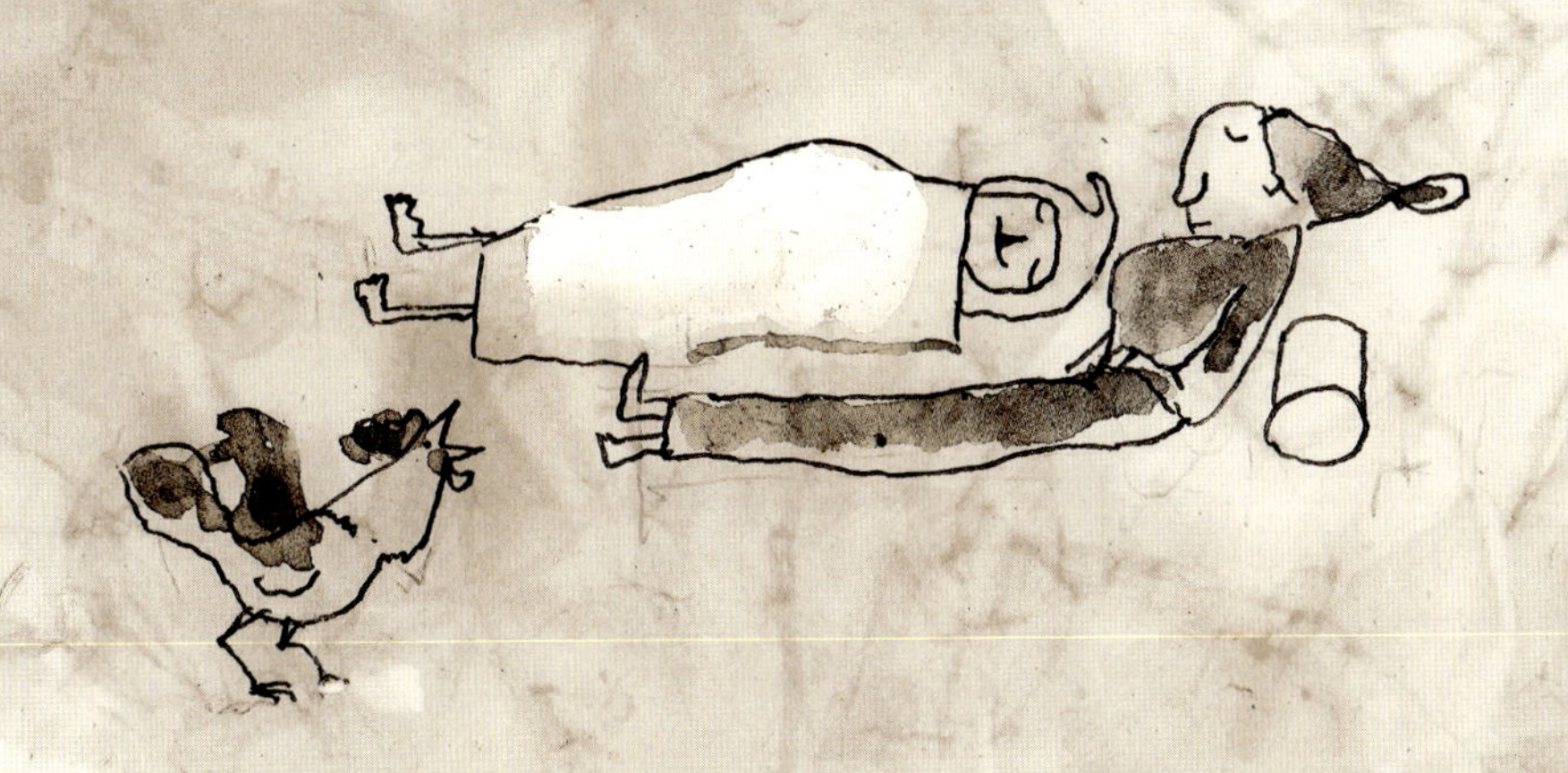

二人の知音の事

あるとき、ふたりの親友が一緒に旅をしていると、熊にであった。とっさのことで、一人は木に登り、一人は熊と戦った。しかし力を使い果たし、ついに地に倒れて死んだ真似をするほかなかった。熊は、死人には手をださぬものと言われている。熊は本当に死んでいるかどうかを調べるために、耳や口のあたりを嗅いでみたが、死んだように動かなかったため、どこかへ行ってしまった。

木に登った者がおりてきて、死んだ真似をした友だちに「今の熊が、耳元でささやいたのはなにごとだったのか」と聞いた。友は、「あの熊は、わたしに教訓を残した。何かといえば、『今後は、大事に臨んで見放すような者を親友にするな』と言っただけだ」と答えた。

下心　死んだまねをしただけで本当に熊は人を食べないのか、そうではないことをあとから気がついたのではおそい。

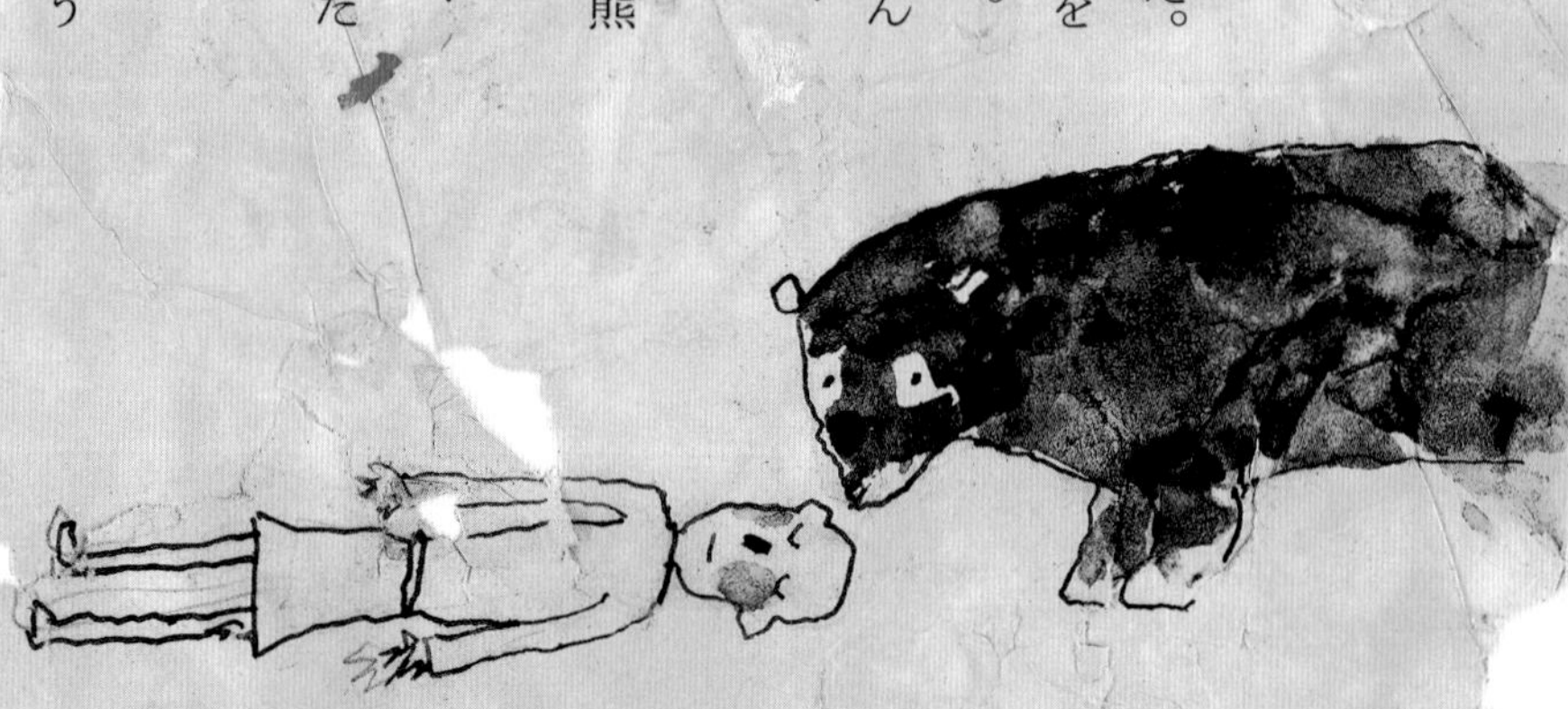

棕櫚と竹の事

ある日のこと、棕櫚（しゅろ）が竹にむかって言（ゆ）うた。

「聞いてくれ。竹や、おまえほど弱く、実さえ持たぬものもないだろう。わずかのつむじ風にも恐れおののいて、靡（なび）くばかりじゃ。しかし、われは少しも志（こころざし）を変えず、普段も勇（いさ）ましくしているつもりだぞ」

竹は、これを聞いても言うことはないので黙（だま）っていた。やがてその日、大きな風が吹き、そのために天下は鳴りひびいたが、竹は前々から大風をおそれて、へりくだるように頭を地にさげておったために、何ごともなかった。しかし棕櫚は、以前の健気（けなげ）さそのままに、肘（ひじ）を張っていたので、どうしてもちこたえられよう、さんざん風に吹き折（お）られ、生きているのは、根だけとなってしもうた。

下心　謙遜（けんそん）がいい。馬鹿にされても平気になるのがいい。

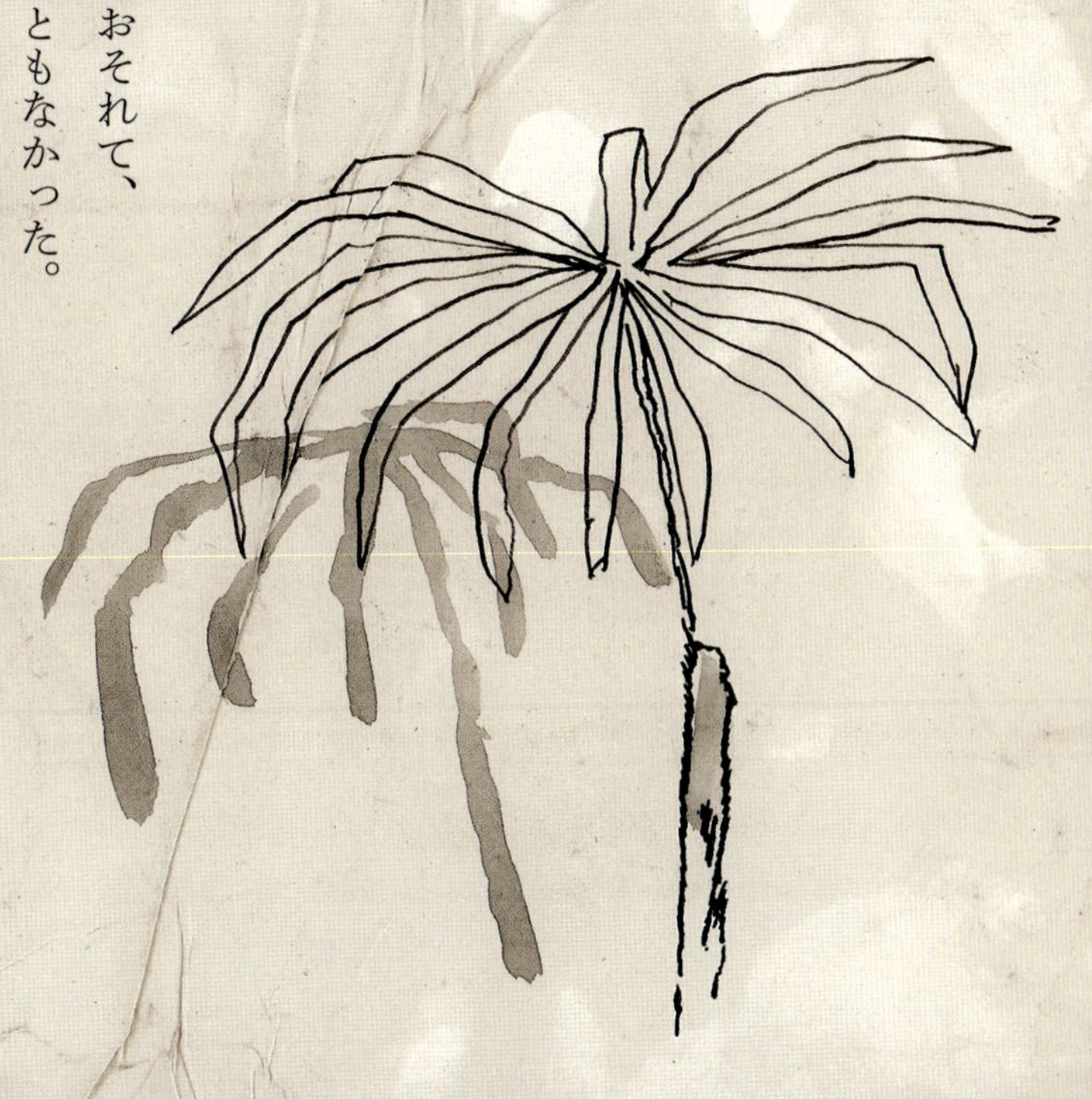

大海と野人の事

　あるところに野人とでもいう人がいた。野人とは全く普通に生業を立て、普通の景色の中で暮らしている、いわば呑気にして暮らしている人のことをいうと思うといい。

　ある日この野人が海辺に出て、たくさんの船が西へ東へとうごきまわり、鷗が気ままに

飛び回って、絵でも字でも、あらわしようのないほどの風景を見た。

「これはわしの生業とはちがう。比べてみると、わしの仕事くらいばかくさいものもないぞ。山や野はらを家にし、田畑を耕して汗をながし、雨までわしが降らせているのかと思うほどじゃ。これからは一切のことは忘れて、船を使ったあきないをして暮らすことにしよう」

ときめて、農具は売り払い、牛や馬も売り、その金で、その里の串柿をみんな買い取り、港に出ていって、船に乗り、向かいの国にわたるところで、にわかに吹きはじめた大風にあった。

風は船をひっくりかえそうとするので、野人は船の中の荷物を捨てなければならなかった。野人の命はやっと助かって、しばらくして波も風もおさまり、海も穏やかになったので、生きて帰った野人は、海に向かって、

「海よ、よく聞け、ありったけの串柿はみんなおまえにやったようなもんだ。もう一度わしをたぶらかそうと思うなら思え、二度と串柿をやることはないからな」と怒った。

下心　何もかも野人のおもわくからおこったことだ、と思えてくる。

炭焼と洗濯人の事

ある炭焼が洗濯人のところへ行ってみたんといね。ところがその家は広ろーて部屋数も多いのを見て、

「わたしが借りた家は、膝を入れるのも苦しいほど狭い。それで困っとるんで、どうかこの一間を貸してはもらえんじゃろーか」

と言うたんと。洗濯人は、

「あなたの言うとおりじゃろうが、わたしとしては難しい。なぜかっちゅうて、わたしが十七日もかかって洗濯したものを、あなたの、ひと時のために汚されたりしたら何をしたかわからんけー」とゆうたそうじゃがね。

病者と医者の事

ある医者が一人の病人のもとを見舞い、気分はいかがですかと問うと、

「朝から今まで、ずっと汗をかいております」と、病人は答えた。

医者は「それは願ってもないことじゃ」と言い、翌日またやってきて、気分はいかがですかと問うと、

「朝からふるえが続いております」と答えたので「それは、ますます願ってもないことじゃ」と言った。

翌日またやってきて、気分はいかがですかと問うと、こんどは
「昨日の暮れから、下腹がいたみ、たびたび吐いております」と答えたので「それは、ますますますますよいしるしだ」と言って帰った。

病人が自分を看護している人に、

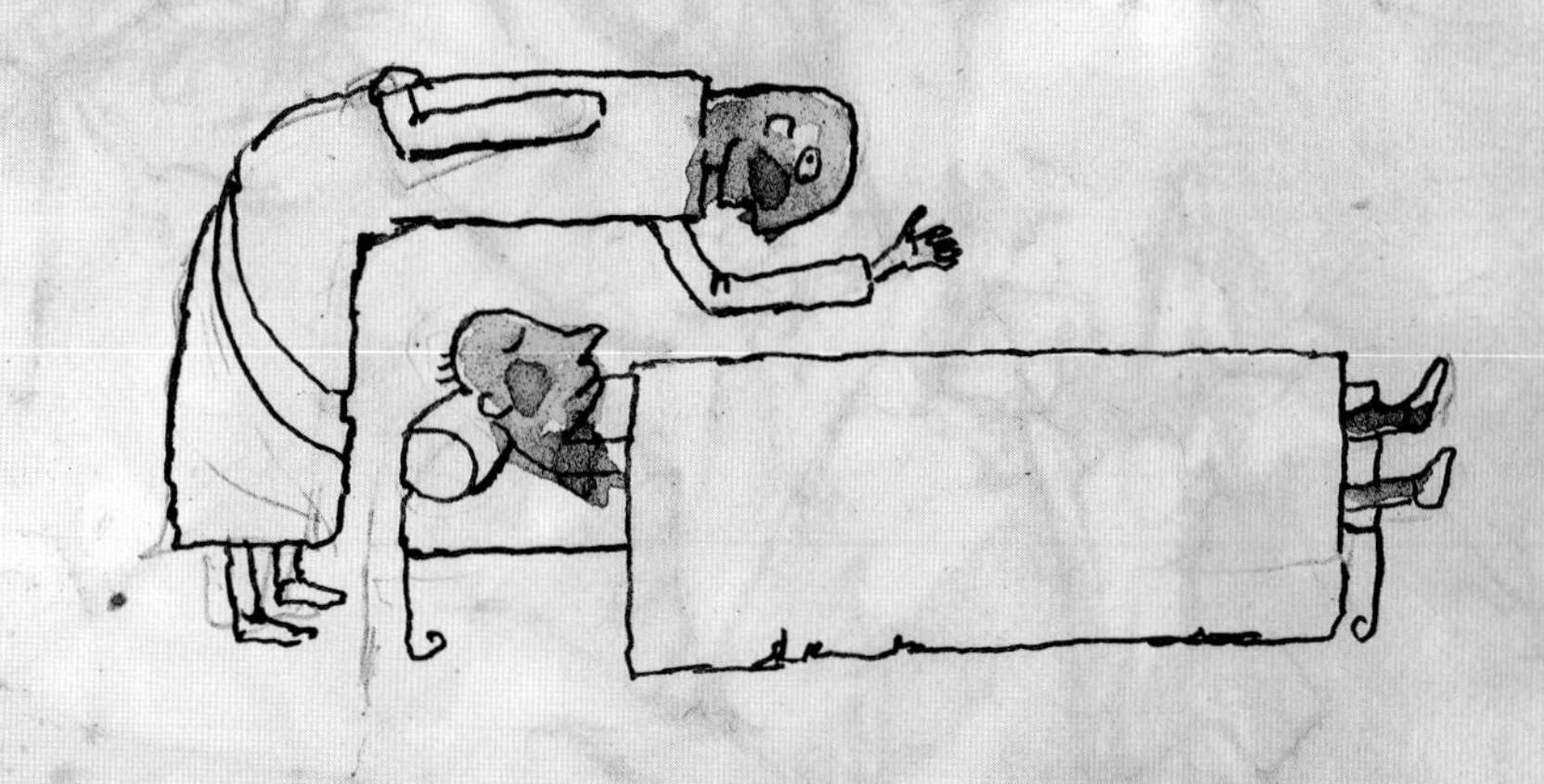

「医者はよいよいと言われるけれども、わたしはもう、死ぬのかもしれない」と言った。

下心　医者のいうことはあてにならないということかも知れないが、深く考えると何のことかわからなくなる。

陣頭の貝吹きの事

あるときのこと、ほら貝を吹く兵がいけどりにされ、その場で罰を加えられそうになったとき、この兵は声を上げて、悲しんで言った。

「みなさまはどうして、罪のないわたしを殺そうとされるのですか。詳しく申しますが、わたしは人を殺したことはありません、ただ出陣のとき貝を吹いただけです。これは我が家に伝わる仕事にしたがったまでで、人々に仇をしたおぼえはありません」

敵方はこれをきき、

「だからこそ、罰を与えようとしているのだ、詳しく言うと、おまえは戦場に出て、盾や鉾を持って働いたわけではあるまいが、貝の鐘を鳴らして味方を勇気づけて戦場に送り出したのだから、ゆるすわけにはいかないのだ」と言われた。

下心　昔、ラッパ卒というものがあり、日清戦争に従軍し、戦死したが「シンデモラッパヲハナシマセンデシタ」という、木口小平の美談を習った。岡山県に碑があるという。

母と子の事

子どもが塾から、友達の手本を盗んできているのを、おかあさんは知っていながら叱らないため、子どもはたびたび墨や筆などを盗むようになって、盗みほど面白いものはないと思うようになり、そして大きくなるにしたがい、とうとう大泥棒になった。しかし、その罪が表ざたになって、ついに成敗の場にひかれていった。

その盗人は、警護のものに「わたしは母にあいたい、そばに呼んでもらえないでしょうか」とたのんだ。

母は、心から悲しみ、涙を抑えて、わが子にちかづいた。母が耳をよせると、子はその耳を喰いちぎって、怒りすぎるほど大声で怒った。ひとびとは肝をひやし、

「あの盗人は、まったく前代未聞のやつじゃ、耳にかみつくなんぞ、獣にもおとる」

と言った。満座のなかで、たしかに大声で罵った。

「わしのお母さんより欲張りは、この世にはほかにあるまい。わしがこうなったのはお母さんの仕業じゃ。なぜかといって、子どもの頃、友達の墨や筆を盗んできたときにも、一度も叱らないから、そのまま盗み癖がついてこうなったのじゃ」と言って、斬られた。

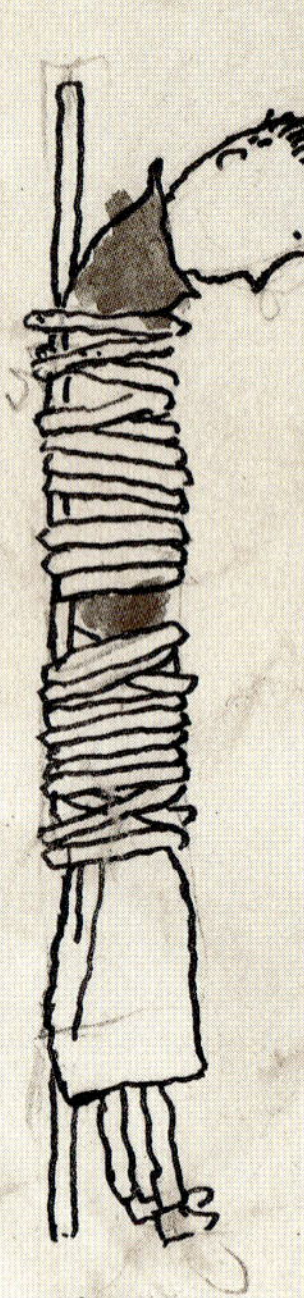

下心　親がどうあろうと自分が盗んでおいて人に罪をきせるのはよくない。

鶏と犬の事

ある日のこと、
犬と鶏がいっしょに野原で遊んでいたとき、日が暮れたので、鶏は梢にのぼり、犬はその木の下でねむった。

朝が来て鶏が鳴くのを聞きつけ、近くにすんでいた狐が、急いでやってきた。

「どうも、鶏さんしばらくでした。たまには一節でいいから、あなたの歌声が聞きたいと思っておりました。少しの間、ここにおらせてください」と言えば、

「まことにしばらくお目にかかりませんでしたね。やがては来られるだろうと思っておりました。まず、木の下にいるわたしのお供を起こしてください」

狐は声を大きくして、「誰か、お供は誰か、ここにきて鶏さまの歌をきかないか」と呼んだので、犬が目を覚まし、たちまち狐にとびかかって、ただ一口に噛み殺した。

渋谷のさるコーヒー店で本を読んでいたと思ってもらいたい。書名は『人生模様』O・ヘンリー作。たくさんある話のうち四話がオムニバス映画となり、わたしが大ファンのリチャード・ウィドマーク、チャールズ・ロートン、しいていえばマリリン・モンローなどが居並ぶ作品で、深い感動とともにその映画をみてきたあと、古本で英和対訳の一冊を見つけ、これで英語が話せるようになるかどうか、いわば試そうと思って買い、読んでいたのだが、仕切りを一つ隔てた隣で講談社の絵本『浦島太郎』を読んでいる外国人と目が合った。

わたしは、初めて外国人と話したのである。

このとき、「われに英国を与えよ、さらば我は汝に日本を与えん」というような会話をしたのであるが、会話というより、わたしの言うことが多分、一語たりとも伝わらなかったために危うく国際紛争にならなかったようなことがあった。彼はわたしの読んでいた本を見て、これはアメリカ人でも難しい、いい本を教えてやろうと言って、ともに渋谷の街をあるいた。彼は下駄ばきで、日本人はどうしてこんないいものを履かないんだろうと、ハーンのいいそうなことを言った。

つれていかれたのは、その頃まちかどにあった大盛堂という本屋で、彼はそこで『イソップ物語』をぬきだし、「この本が最適だ」と言うのであった。

急転直下。わたしは「人生模様」から「イソップ物語」へと人生が変わった。しかも勉強ははかどらなかった。これは五十年以上も前の実話である。

獅子王と熊との事

ある日のことじゃがね、一匹の仔羊が、熊と獅子王との二つの手にかかって死んだ。この二つの獣は互いに勝負を争って、朝から

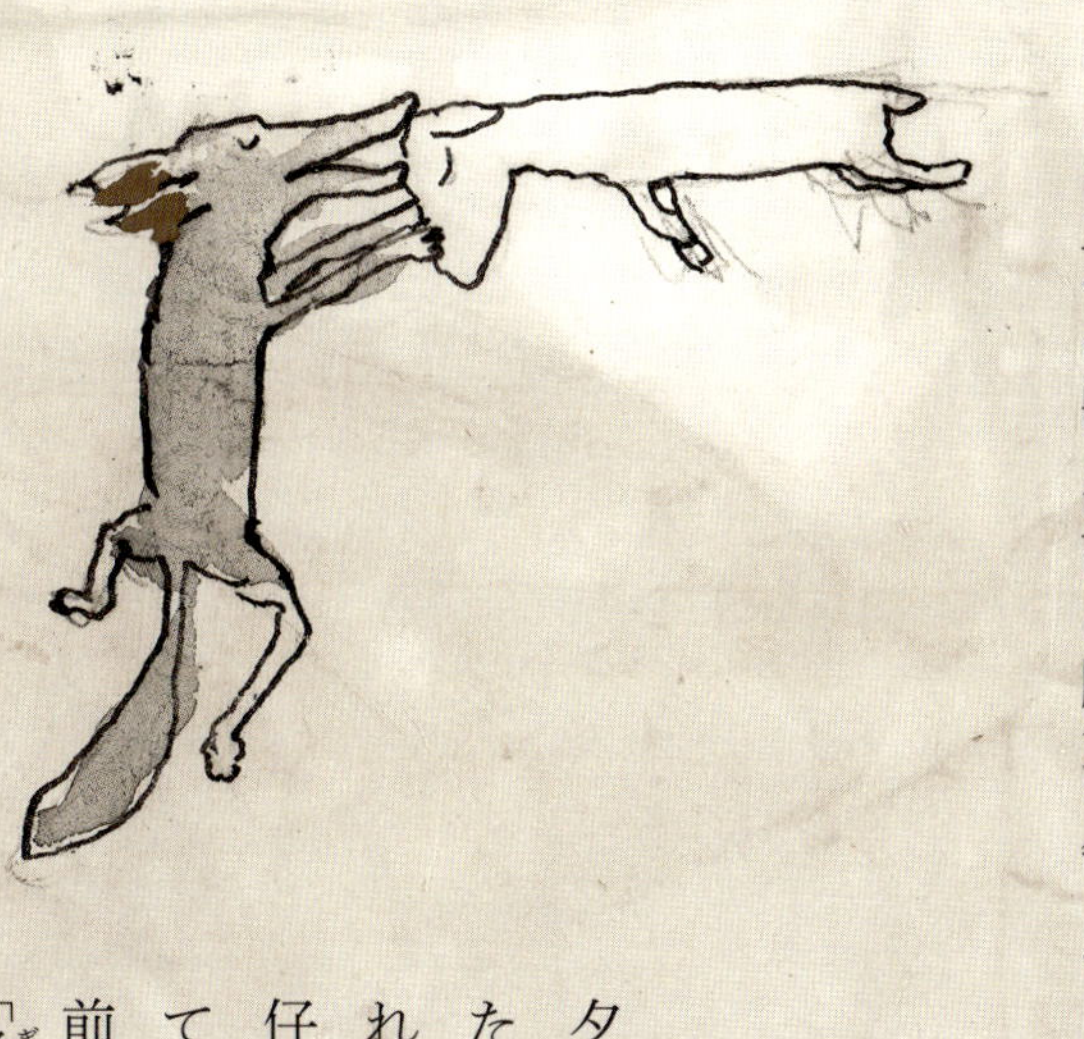

夕方まで闘ったけれど、勝負がつかないので、くたびれて座り込んでいるところを、狐が、少し離れているところから見つけて、中に置かれた羊の仔を取って喰った。二匹の荒っぽい獣たちが、さては狐の仕業だな、と思ったが、さすがに大敵を前にしては、小敵を防ぐこともできず、世にいう「漁夫の利」のままに見すごしてしまった。

貪欲なものの事

すごい欲張りがおったと。その欲張りが一切の財産を売っ払って、百両の金にしたったい。そして人も通わん山の中い穴をほって、埋めたばってん、そいでもまだ気になるもんだからくさ、毎日そん穴ん所へ調べにいったっちゅうよ。

村の人が「あれはどうして毎日山に行くのんか、怪しい、後をつけてみよう」と、言いはじめたんだと。

そして、とうとう問題の穴を見つけ、金を全部盗ってかえった。欲張りの男がその翌日行ってみれば、なんとしたことか、穴はほられ、金はきれいにとられてしまっていたからくさ、男のなげくまいことか、悶えて泣き叫ぶところへ、村人のひとりが通りかかって、そのわけを聞いたと。そして言うには

「あんたは、悲しまないでよかと。まず、石を拾って、なくなったお金ほどに測ってくさ、その石を穴ん中へ隠したらよか。どっちみち使わんのだったら、おんなじこったい。そいであんたは石じゃあのうて、金が隠してあると思えばよかったい」

と言って、何処かへ行ってしもーた。

下心　世にいう貯金は大なり小なりこのようなもの。

驢馬と狐の事

あるとき驢馬が獅子の皮をかむり、あちこち駈けまわって、けだものをおどかしておった。狐にゆきあうて渋面をつくったので、狐はもともと賢いものだから、蹄のあるこ

とを知って、これは化けものぞと思い、「いかにもすぐれて気高い装いなるお方へ申さうずることがある、そなたのお声をばやがて承り知った」というて大いに馬鹿にしたので、それから驢馬は尾をまいて去った。

下心　子どもの頃、病気で寝ていた（犬養）康彦がガラス障子越しに熊を見て、ほとんどひきつけを起こした。姉の犬養道子が敷物の虎の皮を頭からかぶってガラス戸の外を歩いたのだった。

馬と驢馬との事

驢馬は一緒に働いている馬にたのんだ。「わしの荷物が多くて重すぎる、このままでは、つぶされてしまいそうだ。少し荷物を分けて、おまえさんも少しもってもらえないだろうか」と言ったのだが、馬はせせらわらって、「おまえの荷物をもつわけにはいかん」と、相手にしなかった。驢馬はとうとうおしつぶされて死んでしまった。

馬主は、驢馬の背負っていた荷物を馬に乗せ、おまけに馬は死んだ驢馬の体まで背負わされてしまった。「こんなことになるのなら、あのとき驢馬の荷物を分けて背負えばよかった」と言ったのだけれど、ちょっと、おそかった。

二人(ににん)同道して行く事

仲のいい二人がいっしょに歩いていたところ、その一人が斧(おの)を見つけて拾(ひろ)ったところで、もう一人の男が、「おまえ一人の斧にするのではなかろうな」とは言ったが、拾った男は一人のものにして放(はな)さなかった。

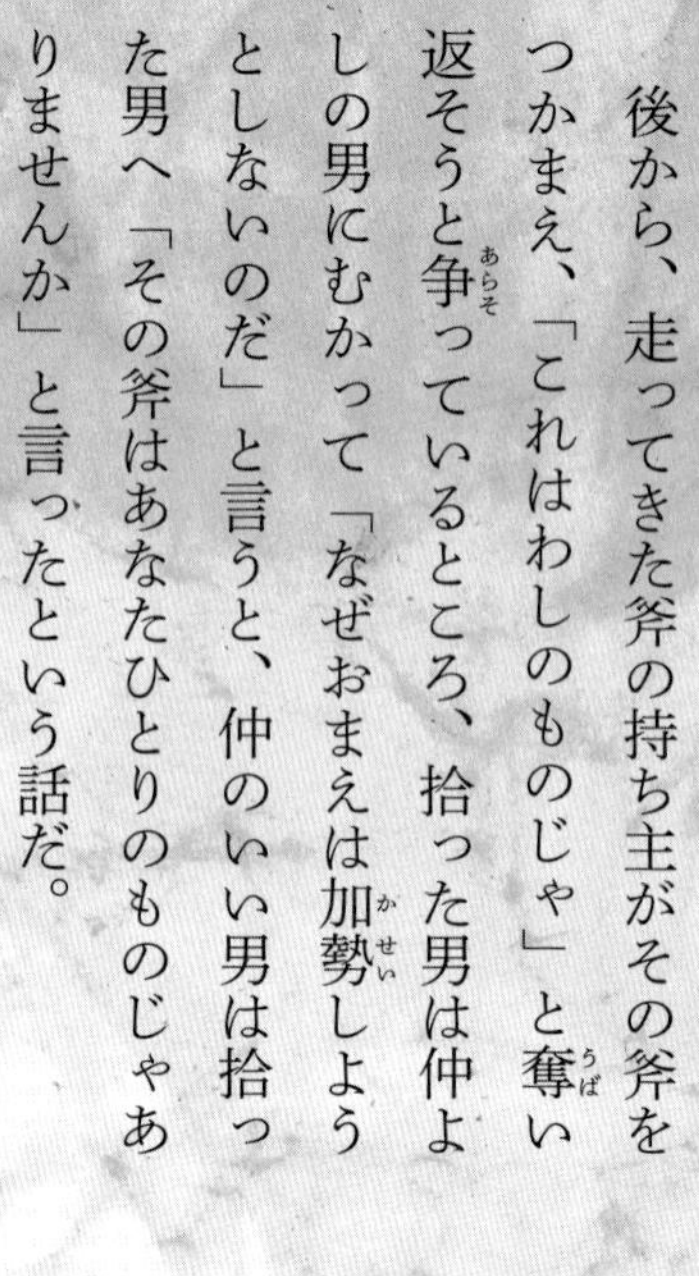

後から、走ってきた斧の持ち主がその斧をつかまえ、「これはわしのものじゃ」と奪(うば)い返そうと争(あらそ)っているところ、拾った男は仲よしの男にむかって「なぜおまえは加勢(かせい)しようとしないのだ」と言うと、仲のいい男は拾った男へ「その斧はあなたひとりのものじゃありませんか」と言ったという話だ。

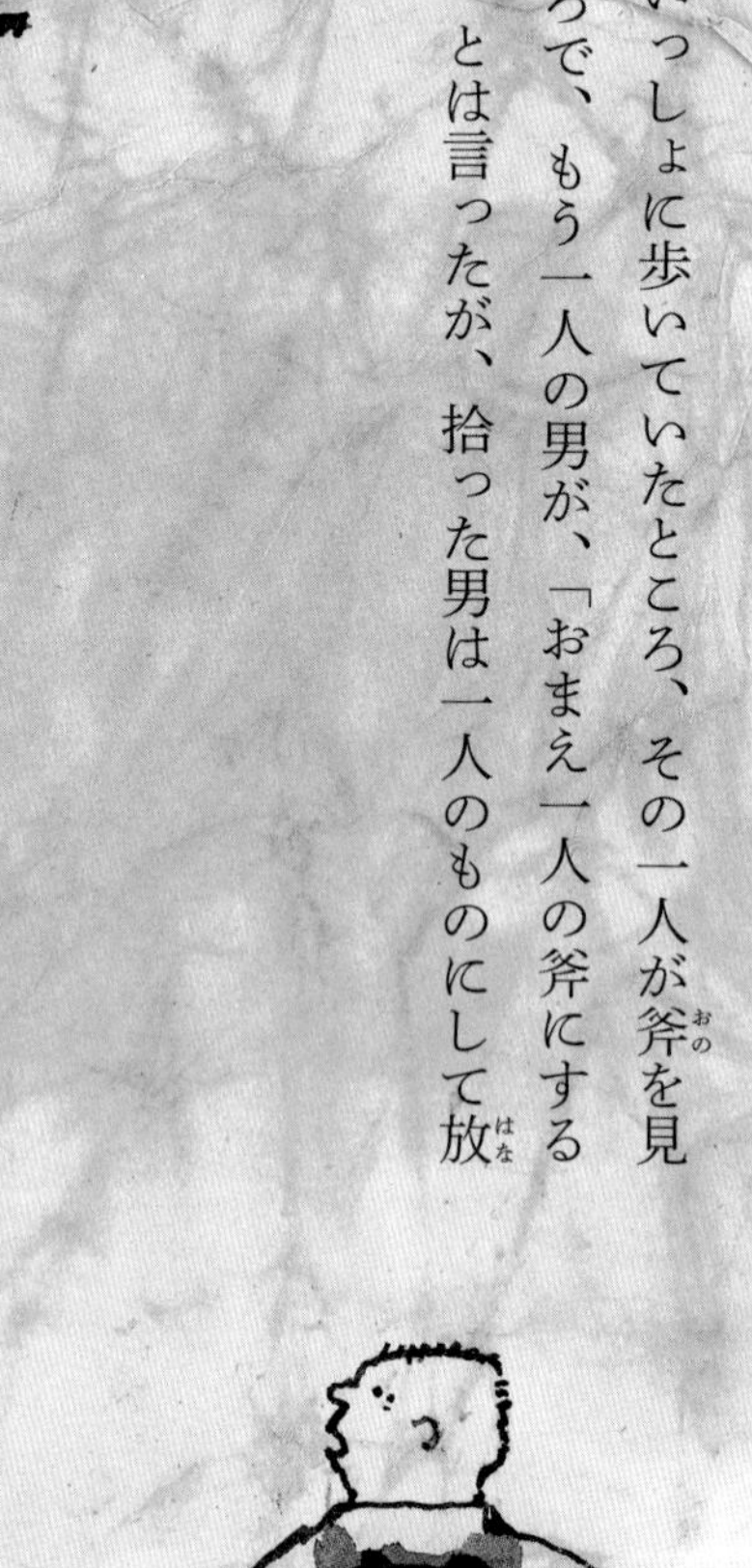

野牛と狼の事

野牛が一匹いた。この野牛がいつも立っているところをはなれて、あちこちとあるきはじめたが、茂みから狼が出てきて、早くも喰おうとしているとき、野牛は
「いま、おまえに喰われるのなら、長年好きであった歌の一曲を、ここに舞うて死ぬことにしよう。どうかこの曲を歌ってはくれまいか」と言った。狼はそういうこともあろうかと思い、声高く歌った。これを、あたりにいた犬どもが聞きつけて、かけつけたため、狼はたちまち逃げていった。後日、やってきた狼が、
「わしはな、おまえの料理人にすぎないのに、身分に似あわぬ歌をうたったため、この前は獲物をうしなってしまった」と、言った。

驢馬と獅子の事

あるところにね、驢馬が一匹おったんといね。その驢馬が野原に出てみたらね、獅子がこれを見て「ちょうどいい昼飯が来た」と、よろこんだんといね。そいじゃが、近くに鶏がおって、たかだかと歌をうたうので、獅子は突然のその

声におそれをなして逃げたらしいよ。

ところが、驢馬が思ったのはね、

「獅子なんて、なんという臆病なやつなんじゃい。わしを一目見て、とたんに逃げていくわい」

と、獅子の後を追うように歩いていき、鶏の声も聞こえなくなったところまできたところへ、獅子王がとってかえし、ただの一口で喰い殺そうとしたんといね。驢馬は
「わしを見て、逃げたと思ったのは、おもいすごしだったのか」

と後悔したけれど、それもまにあわず、とうとう獅子に喰われてしまったんといね。

下心　獅子が鶏の声におどろいて逃げるなんておかしい話じゃ。

蜜造りの事

ある盗人が蜜造りんとこへ行ってみれば、蜜造りはおらんかったために、

「こりゃあ、ちょうどええ、留守なら、みんないただいて帰ろう」

ということにしちゃったらしいのいね。

蜜造りは家へ帰って、いれものがみんな空になっているのを見て、「これは不思議じゃ」と、あちこちさがしていると、蜂がきてその蜜造りを、さんざんに刺したんといいね。

蜜造りは

「おまえは盗人は刺さないで、おまえをやしなっとるわしを刺すのか」

と言って泣いたんといいね。

下心　日本では蜂にさされて死ぬ人が統計的に年間二十人ぐらいいるということだ。

烏と鳩の事

あるところに烏（からす）がおってくさ、そん烏がよう肥（こ）えた鳩（はと）を見て、やーれに羨（うらや）ましゅう思うてからくさ、石灰（いしはい）を身にぬってくさ、鳩にまざって餌（えさ）を喰（く）うてみたけどくさ、はじめのうちは鳩も烏とはわからないから、いっしょに餌を拾（ひろ）っておったが、やがて声を聞いておかしいと思うもんがいてくさ、たちまち鳩のむれからおいだしたっちゅうね。そこまではよかばってん、烏から見ても白い烏なんか、仲間にしとうのうてくさ、石灰烏は、とうとうどちらからも、相手にされなかったちゅう話よ。

蝿と獅子王の事

なまえは聞いとらんが、あるところに蝿がおったんじゃけえ。そいつが獅子王のところへ行って、

「あんたは、じぶんが思うとるほど、強うはない。そいじゃけーわしは、あんたをものとも思わぬでよ。もし、くやしいと思うなら、おもてへ出て勝負をやろうか」と言うので、獅子王は、そいなら、とゆうて穴ん中から出て「蝿め、出てこい、どこにおるんだ」とよべば、蝿は獅子王の鼻のさきにとりついて、「ここじゃ」とゆうもんじゃから、獅子王は腹ぁたてて、自分から岩に鼻先をぶっつけてから、少々怪我をしたけーどが蝿はとりにがしたけー、しかたなしに、また穴ん中へ入ったんじゃけー、蝿は勝どきをあげて「ほらみたことかい」ちゅうーて、うかれてかえろうとしたけーどが、蜘蛛の巣いひっかかって、ほいから蜘蛛に喰われたんじゃちゅうけー、強がってみてもむだなことじゃてー。

太宰治が、井伏鱒二に献上したという形の「雀こ」というはなしがある。

これは、わたしのあこがれる津軽の言葉で書かれているので、その内容もさることながら、わたしは津軽弁の音の並び方だけで、降参するほど美しい、真似ができない。

淡谷のり子はたしか青森の出身で、ＮＨＫラジオの「日曜喫茶室」にこられたときは、もう年も多かったが、一曲聞かせてもらえないかと、ずうずうしいことを、はかま満緒が所望した。淡谷さんはうたった。もう立っていられないので椅子に腰をおろしたまま、うたった、「聞かせてよ愛のことばを」と。わたしは衿をただしてきいた。それは、わたしたちにとって、絶唱ときこえた。

わたしのよく知っている山田という人が五所川原の人なので、この「雀こ」を読んでもらった。わたしはその音だけでいいのである。

関心のある人は筑摩書房で出している『太宰治全集』の中から探して読んでもらいたい。

わたしは、ひとこともわかりはしないが、読書百遍のたとえのとおり、これは童の遊びうたであることはわかった。といっても津和野でそんな遊びは聞いたことがなく、東京へ来て代用教員時代に子どもたちが、遊ぶのを見ただけである。

たとえば、「雀こ」はうたう。


わらわ、ふた組にわかれていたずおん。かたかたの五、六人、声をしそろえて歌ったずおん。
――雀、雀、雀こ、欲うし。
ほかの方図のわらわ、それさ応え、
――どの雀、欲うし？
て歌ったとせえ。
そこでもってし、雀こ欲うして歌った方図のわらわ、打ち寄り、もめたずおん。
――誰をし貰ればええべがな？
――はにやすのヒサこと貰れば（ヒサを貰えば）、どうだべ？
――鼻たれて、きたなきも。
――タキだば、ええねし。
――女くされ、おかしじゃよ。
――タキは、ええべせえ。
――そうだべがな。
そうした案配こ、とうとうタキこと貰るようにきまったずおん。
――右りのはずれの雀こ欲うし。
て、歌ったもんだずおん。
タキの方図では、心根っこわるくかかったとせえ。
――羽こ、ねえはで呉れらえね。

——羽こ呉れるはで飛んで来い。

こちで歌ったどもし、向うの方図で調子ばあわれに、また歌ったずおん。

——杉の木、火事で行かえない。

したどもし、こちの方図では、やたら欲しくて歌ったとせえ。

——その火事よけて飛んで来い。

向うの方図では、雀こ一羽はなしてよこしたずおん。タキは雀こ、ふたかたの腕(うで)こと翼(つばさ)みんたに拡げ、ぱお、ぱお、ぱお、て羽(は)ばたきの音をし口でしゃべりしゃべりて、野火(のび)の焔よけて飛んで来たとせえ。

これ、おらの国の、わらわの遊びごとだおん。こうして一羽一羽と雀こ貰るんだどもし、おしめに一羽のこれば、その雀こ、こんど歌わねばなんねのだおん。

——雀、雀、雀こ欲うし。

よくはわからないが、「あのこがほしい、あのこじゃわからん」という童の歌がかさなってくる。津軽の「あのこがほしい」はやっぱり素晴らしいんだズオン。

盗人と犬の事

むかしあるところにじゃね、泥棒がおってな、これがどこの家に入ろうかと考えておったじゃないの。

「先生、なんというちに入るのじゃろ」

「それは、むかしのことじゃから、よくわからんが、心配せえでも、金のありそうな家じゃあ、犬をぎょうさん飼って張り番にしとるけえ、入らなんだ」

「僕ん家でのうて、よかった」

「はじめん、金のありそうな家ちゅうとろうがの、はあ忘れたんか。ところがじゃ、泥棒のほうも賢こーてなあ、たびたびパンなんぞを持ってきて、犬にやりよる」

「たびたびかあ、毎日かとおもーた」

「そりゃあ、毎日かもしれん、わしが見とったわけじゃあないけー。ほいから、犬たちがやっと、こりゃあ泥棒じゃあのーて、パンをくれるしんせつなおじさんだと思うようになったころいな、

泥棒がしのびこもうとしたんじゃてー」

またパンをくれにきたかとおもーたのか、ふだんよりも一段と大きく吠えたな。泥棒は

「おまえたちはへーぜーからの恩をわすれたんか、わしがおまえらにパンをやってきたんは、今日のためじゃったのに」

とゆうたら、犬が、

「説教するまえに、パンをくれえ」。ほいでも番は番じゃ、「長い間かかって貯めちゃった、主人の財宝を盗ろうっちゅうーなあ、なんという曲がった根性じゃい」と、いかにも正しいことを言うので、泥棒は入らないで逃げていったというじゃないの。

老いた犬の事

ある人が、とてもいい犬を飼っていたが、もう、むかしのように、鹿にも猪にも追いつけなくなったし、前にまわって、進むみちを妨げることもできなくなった。主が鞭をあてれば犬が、改まって言うには

「わたしが若いころは、鹿や猪もつかまえ、やり過ごすということもなく、なんとし

てでも忠節をつくそうと思っておりましたが、今や年も取りましたし、歯も抜け、力も落ちて、世間の若い犬とはくらべようもございません。人はわたしの年取ったことは忘れ、若いころ仕えた忠節のことも忘れて、目の前のご奉公のいたらなさだけを、言いつのることが悲しゅうございます」

と言うて、泣き泣き道理を説いてみたが、あまり犬のきもちがわかるものはいなかった。

下心　自然の哺乳類には癌はない。人が飼うと癌になるものが出る。哺乳類は癌になる前に天敵に喰われるが、人間が飼うと寿命をのばそうとする。そして癌になる。竹田津実にきいた話。

老犬を飼っている人が、その犬の老化をとても心配し、ついに死んだとき、自分の子が死んだように泣き暮らしていたことを、思いだす。犬は人間より寿命が短いから、たくさんの人がそんな目にあっているのではないかと思う。実はわたしの家でもそうだった。犬は「死」という尊い自然のことを、おしえてこの世をさった。

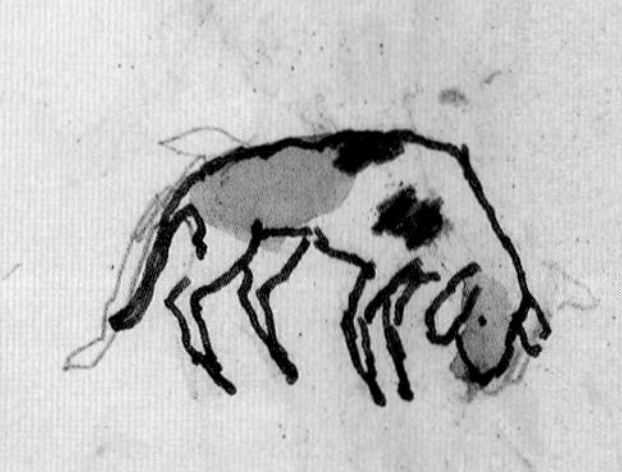

蝮と小刀の事

ある人が蝮を見つけて、これを打とうとしはったのに、杖がなかったんで、よわっていると、

「鉄をおいてみなはれ」

「鉄？　そないなものをおいてどないせえちゅうねん」

「むかしから、そんなときは、鉄をおけとゆうとるさかい」

ある人は鉄がなかったんで、小刀をおきなはったんや。そいで、杖をさがしにいきはったんや。

蝮は小刀なんか、ぺろりと喰ったっちゅうねん。小刀は、「おまはんは、わしをだれと思っとりなはる。いくら喰ったって、千年も万年も喰ったって、おまはんの歯はみんなへってしもーて、腹はまったく傷まない、ちゅう変なことになるんやで」と言った。

下心　ためしに小刀を、喰えるものなら喰ってみなはれ。どうなるか……？

山と杣(そま)びとの事

ある木こりが山に入って、「斧(おの)の柄(え)にする木を一本くだされば、一生の恩(おん)にきます」と、森をあがめ、膝(ひざ)を折(お)ってお願いした。

山はこの願いをいれて、斧の柄にする木をくださった。木こりは、斧の柄をすげかえて、森の木をみんな伐(き)ってしまった。残った木が、山にむかって、

「どうしてあんな男に木をやりなさったのか、あなたが斧の柄さえやらなければ、わたしたちは滅(ほろ)びずにすみましたのに」と言った。

狐と鼬(いたち)の事

あるところに狐(きつね)がおったげな。この狐はいかにも痩(や)せこけて、たとえば人の蔵(くら)の小さい穴からでも入られるほどだった。そのため狐は蔵の穴から中に入り、そこにあった小麦(こむぎ)を喰(く)っているうちに太ってきて、出ようとしても、腹より下がつっかえて、苦しんでおったげな。そこへ、鼬がやってきて、
「心配するな、その穴から出ようとするのなら、元のように痩せればいい」と言ったげな。

下心　こんな下心の話をすると、気を悪くする人が出てくるかもしれん。

亀と鷲の事

ある亀が飛んでみたいと思うようになった。

鷲に空を飛ぶことを教えてほしいとたのみ、お礼には珠をさしあげたいと言った。鷲は亀を捕まえて運び、「おまえの望みは、十分か」と聞けば、「はい、とても満足でございます」と言った。「それでは約束の珠をくれ」と言われ、ほんとうは珠はないものだから、だまっていると、亀は巌のうえに投げつけられ、そして鷲に喰われてしまった。

漁師の事

あるところの漁師が網を引くと、重くて重くて引けないほど。獲れたらしい。一体なにがかかったのかと思うほどだった。ところが魚もかかるにはかかったが、ごく少なく、ほとんどが石だった。「なんと、時間も、力もむだをした」とみんなが悲しんでいるところに、年を取った漁師がやってきて、「なぜ悲しまれているのだ。喜びと悲しみは兄弟のようなもので、またこのつぎには喜びのときもくるだろう」と言ったのに、この悲しみが大きくて、「もう、二度と網は引かない」ときめて、みんなその悲しみをあらためなかった。

野牛の子と狼の事

野牛（やぎゅう）のお母さんが、草を喰（く）いに野原に出て行ったとき、子どもに言っておいたのは、「この穴の戸はよく閉じておかなくてはいけないよ。誰（だれ）が外から戸を叩（たた）いて呼んでも、お母さんでなかったらけっしてあけてはだめだよ」ということだった。

狼（おおかみ）が、お母さんが野に出たすきをねらってやってきた。そしてお母さんの声をまねて、穴の戸を叩いた。野牛の子はこれを聞いて、「声は似（に）ているけれど、戸の叩き方は狼だぞ」と言って、けっして戸をあけなかった。

童の羊を飼うた事

ある子どもが羊を飼う草を育てていた。その子が「狼が来るぞ」と大声で言いはじめた、うっそー、人びとは集まってきて何事もないとわかって帰っていった、すっごーい。

子どもは人が集まってくるのがめちゃめちゃおもしろくなって、また「狼が来るぞー」とさけんだ。人びとは集まってきたが、たびたび嘘をつかれて、もう「狼」という声を聞いても誰もこなくなった。

ところがさ、……こんどは本当に「狼が出てきた」んだよ、うっそー、すっげー、まじかよ、まじだ。まじだけど、誰も出てはこなかった。

そして童も羊もみんな、狼に喰われてしまったんだ。うっそー。

下心　「大草原の小さな家」の中に、これと似た話がある。その子は蜂にさされた。書いてはいないが、たぶん死んだと思える。

鷲と烏の事

ある鷲が岩の上から、羊のいる上を飛んでくれば、烏がこれを見て、うらやましく思い、天日干しにしている皮の上なら大丈夫だろうと思って、上を飛んだところが、皮が脚にひっかかって飛ぶことができんかったため、童どもがそのまままつかまえたというはなしじゃ。

狐と野牛の事

のどのかわいた狐と野牛が、井戸を見つけて一緒に入り、好きなだけ水を飲んだのはよかったが、上にあがることができなくなった。狐はかんがえて、野牛に言うには、

「これ野牛殿、あんたが伸びあがって、前足を井戸の側に投げかけ、頭もまえにむけてみてくれまいか。わしがそれを踏まえて先に上がったら、こんどはおまえさんをひきあげることにしよう」

うまい考えじゃと、納得した野牛はその通りにしたが、狐は飛び跳ねて喜んだうえ、野原の上まであがって、野牛のことはもう忘れた。野牛が、おまえさんが、上にあがったら、もう約束を忘れたのかと聞くと、狐は「そのことじゃ、おまえの顎のあたりにある、髭の数ほども頭に知恵があったなら、こんな井戸のなかに入らんだろう」と言ってわらって逃げた。

百姓と子どもの事

子どもがたくさんいる百姓がいたが、子どもたちは仲が悪くていつも喧嘩ばかりしていた。

その父はなんとか仲良くできないものかと、いろいろ考えたが、いい知恵はうかばなかった。

あるとき父は、下働きの男に「小枝を拾って、たくさんもってこい」と命じた。父はその小枝の中から数本をとってひとつにし、「これを折ってみろ」と、子どもたちにやらせてみたが、とてもむりだった。こんどは同じ小枝を一把ずつほどいて、同じことをしてみると、簡単に折れた。父の言うには、

「みんなも、こんなものなのだ。一人一人の力は弱くても、力をあわせればできる。志をひとつにすればどのような敵にもまけることはあるまいぞ」

下心　むかし毛利元就が三本の矢をたばねて折れと子どもに命じたが、それは無理だった。みんなも力をあわせれば、どんな敵にもまけることはあるまいぞといった、と修身で習った。この話の原典かもしれない。

尾長鳥と孔雀の事

鳥たちみんなが集まって、相談したところによると、

「世の中のものをみるのに、帝王をもたないものは一つもない。鳥の仲間が、そのことでも、獣に劣らんことにしたいが。だから、この鳥の仲間から、才も智もたけたうえ、その性格のうえからも立派な鳥を、王にむかえることにしよう」

全くそうだ、と聞いていた孔雀が、横から出てきて言うには、

「よろしければ、わたしを帝王にする気はないかね。みんなのなかに、わたしほど見

た目がいいかたもありはすまいから」

そのとき、尾長鳥が

「孔雀さんの言われることは、もっともな気がしないでもないが、いかがでしょう。もし鷲などのような、乱暴者がわたしたちにおそいかかり、一大事がおきたりすると、あなたの翼が美しく光るだけでは、防ぐことはできますまい。鳥の世界を治めるものは、その見た目が問題になるのではありません。その身に備わっている知恵と才能と、勇気によってきまるのです」

と、はっきり言ったということである。

下心　カタロニアのサグラダファミリアは、その美しさと造営の年月のために、国を守っているような気がする。

鹿と仔の事

鹿の仔が、お父さんの鹿に尋ねて言うた。

「とうさん、わからないことが一つあります。足も手も、軽げで、角のいかめしいことなどこの世にたとえるものもなく、走ることの速さでも、世に例がありません。しかし、どういうわけでしょう、あの犬にだけは、あちらこちらと追いまくられるのは、何か一つだけ犬に劣ることがあるためではありませんか」

「そのことなんだ。わたしに、逃げる理由はないと心では思うが、あの犬のやつが吠える声を聞けば、胸がさわいで、逃げないではいられぬのだよ」

下心　自分で自分をかしこいと思うな。勝つと思うな、思えば負けよと、歌にいう。

片眼の鹿の事

怪我をしたかどうかで一方の眼を失った鹿がいたのさ。その鹿が海辺をあるきながら、たべものを探していたが、なかなか見つからぬ。

「思うに、わしが眼を一つ持っているから、かえって用心しなくてはならなかった。野の方へ行けばよいことがあり、それに比べて海辺は無理だったかもしれん、と思って次第に先へ行けば、そのとき海辺を船が通ったが、わし（鹿）を見かけて船の中から矢を射られた。（ウッソー、ソリャ、メチャメチャヤバイナ）

それにしても、よくよく運が悪いとみえる。大事件がおこると思ったところからは大事がなくて、思いのほかのところから大事がおこった」

鹿と葡萄の事

ある狩人が鹿を追ってきた。鹿は仕方なく葡萄の蔓の中に身をひそめた。狩人はそこを通ったのだが、気がつかずにゆきすぎた。その鹿は「あ、今は危ない命をたすかったのだ」と思って、頭をあげ、その葡萄の葉を喰うた。ところが、その口の音を狩人がききとがめ、「さては、あの蔓の陰に、何か獣がいるのかもしれぬ」と見れば、さっき逃げた鹿だったので、そのまま射てとった。

(トリハダガタツー)

鹿は「わが命をたすけてくれた、この蔓の葉を喰うた罰にこんなめにあったのだ」と言って死んだ。

下心　むかしの人はそういうとき天罰といっていた。

蟹と蛇の事

蟹と蛇が仲良くて、もう長い間、同じ穴に住んでいた。

蟹は蛇にむかって、「あまり、おまえと水と魚のような関係になってしもうたから、遠慮なく言うのじゃが、どうかね、おまえさんの心の曲がったところを少しなおしてはどんなもんか」などと、時折、意見を言うようになった。

蛇は強情だから、少しも聞き入れなかったため、蟹は蟹で心中腹を立て「所詮、このようないたずら者を、娑婆ふさぎに生かしといて、頭の痛いことを我慢しているよりは」と、蛇が寝入っているところへ、そろりそろりとはいよって、とっておきのはさみで切って殺した。蛇ははじめ曲がりくねってあばれていたが、俄かにまっすぐになったので、蟹は「それほどまっすぐになれるものだったら、この世に生きているときから曲がらぬ心があったら、死なないですむものを」と言った。

下心　まっすぐに歩けない蟹の言うことだからたぶん正しい。

女人と大酒をのむ夫の事

ある女がね、結婚したのはよかったが、夫になった相手が珍しい大酒のみで、ものをたべずに酒しかのまない。どうしたらこの悪い癖をなおすことができるだろう、と考えたおかみさんは、とうとう思いつき、夫が酒をのんで寝ているところを、担ぐようにして棺桶に入れて蓋をした。目をさました夫は、中からノックして開けてくれ開けてくれ、とたのんだ。

おかみさんは「死人にものを喰わすわけにはいかない」と開けなかったが、棺のなかから、「酒がなくて、普通の食べ物だけだったら、そんなにほしくはない」と言うので、おかみさんはあきれて力もなくなって、「まだこの人は、酒のことを忘れられないのか、それでは、わたしの手立てもなんの役にもたたなかった」となげいた。

下心　わたしは酒がのめない。のめないだけならよいが、のむ人に意見してきらわれる。

パストルの事

あるパストル（牧者）が寒いのに野山に出て、羊や野牛などを飼っていたが、俄かに雪が降り積もって、谷や峰のみわけもつかぬようになってしまった。山や川の水も俄かに増えて家に帰ることもできないので、そこに留まるよりほかになかったが、食べ物がないので、育ててきた羊を喰った。一通り喰って、こんどは野牛にとりかかった。いっしょにいた番犬たちは「これは大変だ、われわれも、油断したらいつか喰われるかもしれん。ここは逃げて、自分の命をたいせつにしよう」と番犬さえも逃げていった。

驢馬と狐の事

あるときね、驢馬と狐が野道を仲良くあるいておったんといね。運の悪りーことに、強敵の獅子王にぱったり行きあうて、驢馬たちは互いに目を見合わせたところでね、狐が言うには「今は隠れるところも、逃れる方法もないけー」、王様にむかって「あなたに降参し、忠義をつくしてわたしの命をながらえよーと、思います」とゆうーたんじゃがね、獅子王の前に行って尾っぽを巻き、頭を地につけて、言いなおしたんといね。「王様おききください、わたしの命を助けてくださるならば、あの驢馬を王様の思うようになるようにしましょう」とゆうたんといね。

獅子王は、「おまえのいいようにしろ、わたしはゆるすから」と言うので、まあめでたいのだけれど、ちぃとはおかしなところがあるよーな気がするてー。

ほいから、狐はいそいそと驢馬を連れて王の目の前に出ると、驢馬は何も知らないから、あっという間に、狐にぐるぐるまきにされたんといね。

「めちゃくちゃじゃねーお母さん」

ところがやっぱり、それでは済まなかったんよ、「驢馬はもう逃げられないんじゃけー、さて狐の方から料理することにしようて」と思ったんだって。「やっぱりめちゃくちゃだよね、お母さん」。

狼と子を持った女の事

狼がいたんや、獲物がのうてかつえとったんやて。あちこちと獲物をさがしはって、やっと山の麓の古い家で、小さい子が泣いとるのをみつけたんや。その子のお母さんが「そんなに泣くのをやめないんなら、狼にやってしまおう」と言うのが聞こえたさかい、狼はこれをほんまかと思うて、「これは、いいところへ来たぞ」なんか思ってな、待っとったんじゃないの。ところが日もだんだん暮れてきたが、子どもをくれないだけじゃのうて、お母さんが「ほんまに、かわいい子や、おまえが泣いたって、狼にやったりせーへんで。もし、狼が来たりしたら、すぐに撃ち殺して皮を剝いでやるからねー」と言うのを聞いて、「あかん、このお母さんは、二つのことをひとつに言う、おおうそつきやないか、はじめはくれるなんぞと言っといて、こんどは皮を剝ぐと言う、あほとちゃうか、相手にならん」とゆうて、すごすごと帰っていったんやて。ほんま、あほとちゃうか。

蛙と鼠の事

春の話じゃが、蛙と鼠がある池のなわばり争いになって、両方が武器をそろえて、えらい戦いになった。

鼠は草に隠れて戦い、蛙をなやましたが、蛙は少しも負けず、目の前に現れて喉笛を怒らせて大きい鳴き声をだし、わめき叫んでは、思う存分に戦った。その叫びと音は山じゅうになりひびいたので、これを見ていた鳶が、「ちょうしがいいぞ」と思って、両方喰ってしまった。

ある年寄った獅子王の事

あるところに獅子王がいた。若いころは勇気が過ぎて、獣を片っ端からだまし、仇をふりまいたことはかずしれなかった。この獅子王が、年を取って歩くことも思うようにならなくなり、猪をはじめ、山牛、そのほか驢馬までもが馬鹿にして、踏んだりけったりしはじめた。

獅子王は涙を流して、

「さても悲しいことだ。わしが全盛のころ、情けをかけたものは今どこにおるのか。仇うちの約束を結んだものばかり、今は見える」と言った。

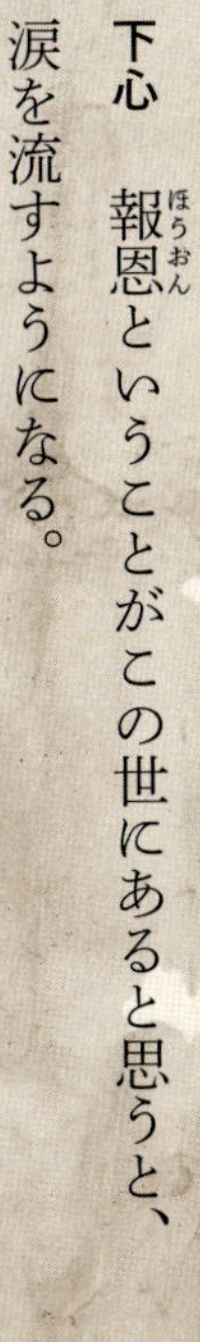

下心　報恩ということがこの世にあると思うと、涙を流すようになる。

狐と狼との事

一匹の狐が、餌を探していたところ、ある狼がもう腹いっぱい食べて、残したものは枕にして寝ているところへであったんだって。そしてこの狼をたぶらかさないでおくものか、と思ったんだって。

「おかあさん、たぶらかさないでおくものか、というのはどういうこと？」

「くわしいことは、わからないけど、騙さずにはすまさない、かならず騙す、ということ」

「これは狼さま、どうしてのんきに寝ていられるのですか、なにか、わたくしめに（これをもっていけ）などと、おめぐみくださってはいかがか」と狐が言うと、やがて

目を覚ました狼は、狐の魂胆をみぬいたっていうんだけどね。

「おかあさん、魂胆をみぬくというのはどういうことなの」

「やさしく言うとね、魂胆というのは、心の中のことでね、それは見えないけど、感じとったということなのよ。感じとって、そしてね」

狼は「うるさいな、しばらくほっといてくれ」と言ってね、狸寝入りをつづけたんだって。

「おかあさん、狸寝入りというのは、どういうこと」

「寝たふりをしてること」

狐はね、この狸寝入りの狼がにくらしくって、さんざん悪口を言ったのね、

「にくいやつが、この狼は根性が曲がっとる。わしにも考えがあるぞ」

と言ってね、狐は、人を見つけてこのようすを話すと、その人はたちまち出ていって、狼を殺したんだって。

次の日に、またそこへ行ってみると、こんどは狐が狼の真似をして寝ているので、その人はこんどは狐を殺したんだって。

老人の事

山に住む年取った木こりが、ある日薪を背負って里におりていったが、くたびれて道のそばに薪をおろし、たおれそうになって言うには、

「ああうらやましいことだ、こんなに年取って苦労しているより、今死んだ方がましだろう。最期はどこなんだろうかなあ」

というところへ、モルテ（死）がひょっとやってきて、

「こんなところにおられましたか、何の御用ですか」

と言えば、やっとおきあがって、

「あまりくたびれたので、こうしていたが、この薪をかつぐのに手を貸してもらえないか」

と言った。

下心　老人になると心ならずも「死にたい」「死にたい」という。それが口ぐせになり、死ぬことが何なのか早くわからなくなる方がいい。

獅子と狐の事

獅子が争いすぎて、くたびれているのを見て、ほかの獣たちが見舞いに行った。そのうち、一通りの獣は行ったが狐だけ行かなかったので、獅子が狐のところへ「どうしたのか。どういうわけで君は見舞いにこないのか、ほかのものは来たがそれほど親密ではなかった。君とわたしとは生まれて以来の仲良しだったはずだから、心を隔てておく意味はない。もしや、君はわたし

の気持ちを疑(うたが)っておられるのではないか。いやわたしにこころがわりはない。たとえ害(がい)をくわえようにもこの体ではできないことだ。わたしは君にあいたくて、待っている」

と手紙を書いた。

狐は謹(つつし)んで、

「ありがとうございます。そのようなあなたの気持ちも知らず、このところごぶさたをしておりました。すぐにでも参上(さんじょう)したく思いますが、ここに一つだけ心配事(しんぱいごと)がございます。ほとんどの獣がお見舞いにうかがったことはたしかですが、あなたの家に入った足跡(あしあと)は残っておりますが出てきた足跡が一つもないことが、心配なのでございます」

と返事をした。

下心　狐の見解(けんかい)は警察(けいさつ)の見解に似ている。もっともであろう。

《全国方言辞典の事》

全国方言辞典と、これに類する本がたくさんでている（六冊ばかり）。なかには各地の方言を収録したCDのついているものがあって、聞いているとたのしい。わたしの場合は、自分の故郷の方言を探し、文字で書いてあるそれを、口でとなえて試した。いちいちおかしいが、これは自嘲としておかしくおもしろいのである。それぞれ、抽出した方言だけでなく、方言から発生する短い話も載っていておもしろい。

三省堂の『都道府県別 全国方言辞典』のなかから、二か所、引用させていただいた。

岩手県中北部では、「ふくろう（梟）」と「濁り酒」のいずれをも「オッホ」という。これは偶然の一致ではなく、「ふくろう」の鳴き声にもとづいた「オッホ」という言い方を「濁り酒」の言い方に転用したものらしい。つまり、暗闇の中で活動しだす「ふくろう」と、人が寝静まってからこっそりと造った「濁り酒」、そこに共通の意識をもって、ユーモラスに命名したのだろう。

また足を滑らせて川に落ちることを、中北部では「キャッパリスル」という言い方とともに、「カッパドル（河童取る）」とか、「タコトル（蛸取る）」とか、「タコツル（蛸釣る）」とかいう。これも自分のしくじった動作についての照れかくしのユーモラスな表現であろう。

滋賀方言クイズ

日刊紙の「滋賀夕刊」が、「全問分かれば湖北博士！」というクイズを発表。その中の共通語を求めた方言クイズから四例を紹介する（解答は敢えて省略した）。

問　インデコホンダシカイナもうチョット、オリ

問　ホンナことアロカイナ。ネーメガモンデキタんでセーザイ、イナナ

問　イカイコト、クダアッタ、オーサムナイ、ゴミヨサンにシトクレ

問　イニシマに、家のカドグチデケツマズイテ、コブラガエリ打ってイトテイトテ

方言は、狭い日本でも山ほどあって、これは文字通り、そこらに盛り上がっている山とおなじほどあって、しかも、文字に置き換えることがほとんど不可能のように思えてきた。

共通語を話さなければ罰札を首から下げさせるほどに鍛えても、共通語を習得するのはむつかしい。方言を文字にするのは不可能に近い。その土地に行っておればいつの間にか、自分が方言になじんでしまう。わたしが津軽弁や庄内弁が好きなのはなぜか、自分の里から遠いからというのは理由にはならない。わからなくても聞いているだけでいい。アズマシー（東北弁で「気持ちいい」）の一言はきいてみたかった。

あとがき四話

一話

昔の話だが、外貨が自由化され、外国へいけることになった。一ドルが三百六十五円という相場であるが、本当の交換率はだれにもわからなかった。

わたしも行ってみようと思い、割り当ての五百ドル持って外国に出かけたが、一日にいくら使えるかもわからない。とにかく出かける前に、英語の一つもしゃべらなければなるまい、とにわか勉強をはじめた。渋谷の喫茶店で本に読みふけっていた。たまたまその頃見た映画『人生模様』のもとになった、わたしの大好きなO・ヘンリーの一冊であった。第一話は、女がミンクの毛皮をほしがりはじめると冬がくる、という言い方ではじまる。公園の主のようなチャールズ・ロートン扮する紳士乞食が、この冬もまた刑務所で過ごそうとおもいだし、警官の尻を蹴ったり、店のガラスをわったり、ついには無銭飲食までやる。店の主からは「けがらわしい」とどなられ、おっぽりだされた彼は、「詐欺だ」とどなりかえす。それでも刑務所には行けないでいる時、荘厳な讃美歌によって改心し、働くことにしようときめた時、浮浪罪か何かでつかまる。

早い話が、喫茶店でこの本を読んでいたら、仕切り越しに出会った外国人が、「ああ、その本は米国人でも難しい、わたしが、いい本をおしえてやろう」と先にたって、書店の書棚の中から見つけ出したのは、なんぞ図らん『イソップ物語』であった。

二話

ヨーロッパには行ったが、英語（のレベル）は中学二年生くらいだった。ほとんどのことは画を見て判断した。たとえば食事の注文でも、絵が描ければ間にあう。どんな絵でも描けるので、牛とか、鶏、豚などを描いて見せたら、なかなか評判がよく、その落書きをもらえないか、などという人がでてくるほどだった。でも文字を書いたわけではない。

その時、わたしが描いた豚の絵をみて、なんとも奇怪な目つきでわたしを見たウェイターがあったが、なぜそういう目つきになったのかわからなかった。思うに彼はイスラム教の信者だったのではないか、と今は考えて納得している。

わたしはイタリアの村で、お皿の上にソーセージを二個のせた絵を描いた。待っていると、もってきたのは胡瓜二本だった。

江國滋（旧知の作家）が、イタリアで同じことをした。でてきたのはソーセージだったという。江國さんが亡くなったからいうのではないが、イタリアのウェイターにはよほど目の悪い人がいると思う。

そんなことがあって、わたしは岩波書店から『きつねがひろったイソップものがたり』という本を出した。これは、お父さんが読み聞かせをするのだから、読むたびに内容がかわるおそれがある。きっと一度しか読まない。「わかった、これは算数の本だな。熊が何匹いるか、かぞえてみなければならない」という具合である。

三話

小学校の同級に金山の治ちゃんという子がいた。家は本屋だったが、わたしの読んだ本はほとんど、この治ちゃんに借りて読んだものだった。かれの兄弟は軒並(のきな)み秀才だったらしく、みんな東京大学にストレートで入った。わたしのクラスには青木という、もう一人の秀才がいた。同じクラスから二人も東大に行くなどということはめずらしいが、その頃は東大という意味がよくわからなかった。

治ちゃんは卒業して日立(ひたち)(製作所)に入り、労務関係のしごとをしていた。英語を教えるはめになって、夜になると、希望者を集めて英語の勉強をしなければならなかった。かれは人間がよかったから何の不平も言わず、従業員(じゅうぎょういん)に熱心に英語を教えた。「へえ、どんなテキストなの」ときいたら、イソップ物語なんだと言った。

でも、かれは頭が良すぎた。そして脳卒中で早くなくなった。惜しいことをした。

下心（この語感は、今のわたしには的確ではないが、この本の参考にした原典では、各話の末尾に必ず「下心」として一種の解題がついている。この言葉を借りて書くとすると）――


……学びに追いつく貧乏なし。

……借りてでも本を読む癖をつけておく方がいい。

四話

この本は『天草本 伊曾保物語』を参考にした。わたしはこの本のナンバー入り復刻本を持っている。そしてこれを日本の各県の方言的言葉で翻訳することにすればいい、という提案をした。

あとでわかったことは、方言と標準語との間にはどうも共通の世界が少なくて、思いきっていうと、方言を文字で記録することは不可能に近いことがわかった。しかし言い出したのはわたしだったから、自分が生まれた津和野の言葉で書けるところを書いて責任を逃れようとした。そうしてはじまってしまったことなので津和野弁が多くなった。

井上ひさしが健在ならばよかったのにとおもった。

この原典の中に「イソポの生涯の物語」という部分があるので、抜き書きさせてもらうことにしよう（新字新かなにあらため、ふりがなを増やしました）。

ある時シャント、イソポに「わが第一と思おう珍物を買いもとめてこい」と下知せらるるに、諸人座につらなっているところへ、けだものの舌ばかりを調えて出いた。シャント大きに怪めてイソポを召して「なんじはなぜに舌ばかりをば買うてくるぞ」と言わるれば、イソポ答えていうは、「第一とおもおう珍物を買うてまいれと仰せらるるによって、こう仕った、それをなぜにと申すに、天下の善悪は舌三寸の囀りにあるということがござる。しかれば天下国家の安否も舌にまかすることなれば、なにかは之にまさろうずるぞ」と申した。「しからばまた第一の悪しいものを買うてこい」と下知をせらるれば、イソポまた舌ばかりを買うてきたを、シャント「これは何ごとぞ」とあやしめらるれば、「舌はこれ禍の門なりと申す諺がござればこれに過ぎた悪しいものはござるまじい」とこたえたと申す。

（『伊曾保物語』新村出翻字　ページ十四より）

平成三十年春

安野光雅

＊本書は『こころ』Vol.40〜42に掲載したものに大幅に加筆・改稿いたしました。

安野光雅（あんの　みつまさ）

1926年、島根県津和野生まれ。画家。芸術選奨文部大臣新人賞、国際アンデルセン賞、菊池寛賞など国内外の多くの賞を受賞し、世界的な絵本作家として知られる。また文筆でも活躍。88年、紫綬褒章を受章。2012年、文化功労者。著書に『ふしぎなえ』『ABCの本』『天動説の絵本』『空想工房』『繪本平家物語』『旅の絵本』シリーズほか多数がある。作品は津和野にある安野光雅美術館、また2017年に京都府京丹後市に開館した「森の中の家 安野光雅館」などで見ることができる。

方言でたのしむイソップ物語

2018年7月18日　初版第1刷発行

絵・文　安野光雅
装幀　松田行正＋杉本聖士
発行者　下中美都
発行所　株式会社平凡社
〒101-0051　東京都千代田区神田神保町3-29
電話　03-3230-6583（編集）
03-3230-6573（営業）
振替　00180-0-29639
印刷　株式会社東京印書館
製本　大口製本印刷株式会社

ISBN978-4-582-83782-7
NDC分類番号908.3
A5判（21.6cm）　総ページ120
平凡社ホームページ　http//www.heibonsha.co.jp/